Ina Ullmann

Saures macht würzig mit Mitte 40

WIDMUNG

Mein Leben ist ein Geschenk, und in Harmonie dreht sich mein eigenes Sonnenrad.

Getreu dieser Lebensphilosophie möchte ich Dir, meinem Vater Heinz Ullmann, Dir, meinem geliebten Babschi, danken für das Geschenk meines Lebens und für all Deine Liebe, in der ich aufwachsen durfte.

Dir widme ich dieses Buch.

Nun bist Du mein Schutzengel, der im Himmel über mich wacht.

Für alle Zeit sind wir verbunden!

Aus tiefstem Herzen
Dein Matzele

VORWORT

Ich bin megaglücklich, Euch, liebe LeserInnen heute einladen zu dürfen, mich auf meiner turbulenten Reise durchs Leben zu begleiten. In den folgenden Kapiteln beschreibe ich augen-zwinkernd authentisch Erlebtes.

Ich freue mich, Euch mit meinen Geschichten die Sonne ins Herz und ein Schmunzeln ins Gesicht zu zaubern und wünsche mir, dass Ihr gemeinsam mit mir den Spaß am Leben teilt und zulasst, selbst dann, wenn auch mal ein paar Wölkchen vorüberziehen!

Bibliografische Information der Deutschen Nationalbibliothek:
Die Deutsche Nationalbibliothek verzeichnet diese Publikation in
der Deutschen Nationalbibliografie; detaillierte bibliografische Daten
sind im Internet über http://dnb.dnb.de abrufbar.

© 2017

Autorin : Ina Ullmann

Lektorat: Christel Nießing
Cover: Yasmin Emmel / Mienographie
weitere Mitwirkende: Anke Scharf

Herstellung und Verlag : BoD – Books on Demand, Norderstedt

ISBN: 978-3-7448-1639-7

WIDMUNG

Hallo, ich bin Anke, Maries langjährige Herzensfreundin. Ich wollte unbedingt, dass auch Ihr von
ihrer einzigartigen, fröhlichen und positiven
Lebensart profitieren könnt, und so entstand die
gemeinsame Idee, Geschichten aus ihrem Leben
in einem Buch mit Euch zu teilen. Lasst Euch
inspirieren und tanzt mit uns durchs Leben.

Ich freue mich schon auf unser nächstes Projekt
☺

INHALT

Mundtot

Marie Sandermann ist „out of order", das heißt krank. Wie ein mumifizierter Bunny liege ich in meinem rosaroten Fellanzug auf der Couch - völlig abstinent vom Leben, von meinem Bienenstaat und der großen weiten Welt. Meine Mundhöhle, mein Gaumen und meine Zunge sind übersät von zahllosen Bläschen. Ich kann nicht schlucken und nur unter Schmerzen essen. Doch was noch viel schlimmer ist: Ich kann nicht sprechen! Marie Sandermann ist mundtot - eine Höchststrafe, die nicht zu toppen ist! Somit ist mein Leben dieser Tage so farblos wie Bioklopapier.

Mir bleibt nichts anderes übrig, als mich still und genügsam meiner Lage anzupassen. Selbst zum Beantworten meiner WhatsApp - Nachrichten reicht meine Kraft kaum. Während mein siebzehn-jähriger Sohn Louis die diskussionslose Zeit sehr genießt, bemüht sich Ben täglich als Suppen-, Pudding- oder Grießbreikoch. Gelegentlich schaut meine Mutter vorbei, erledigt einige helfende Handgriffe und äußert sich dabei wie immer vorwurfsvoll über meine Unordnung im Haushalt.

Wie schon in meiner Kindheit hält sie mich penibel dazu an, genug zu essen und viel zu trinken. Überhaupt behandelt mich meine Mutter gerne wie eine Fünfzehneinhalbjährige, ein unmündiges Kind, unfähig, Louis, meinen Sohn, zu erziehen. Meine Haushaltsführung ist in ihren Augen skandalös und Louis Unordnung das Resul-tat meiner vorbildlosen Erziehung. Außerdem wirft sie mir vor, ich hätte meine Erkrankung durch meinen unruhigen Lebenswandel und die ekelige Hundeküsserei selbst verschuldet. Ich lasse sie schimpfen. Loben ist noch nie das Ding meiner Frau Mama gewesen. Sie hält es mit den Schwaben: „Nix gesagt ist genug gelobt!"

Ich wuchs als Einzelkind unter Muttis Mäntelchen der Überfürsorglichkeit auf. Noch heute ermahnt sie mich, mich ja warm genug anzuziehen. Auch Louis gegenüber ist sie überbehütend und verlangt von mir, dass ich ihn umsorge wie ein Kleinkind. Für meine Mutter hält Louis ohnehin den Kronprinzenstatus, und sie verteidigt ihn immer.

Als Kind war ich eine ausgesprochen schlechte Esserin, vieles schmeckte mir einfach nicht. Mit fünf Jahren erklärte ich meiner Mutter, ich wolle verhungern. Ihre ewigen Machtspiele mit dem Teppichausklopfer auf dem Tisch oder die Flieger-spiele mit dem Häppchenflug in den Mund waren mir so verhasst! Ich hatte keinen Bock mehr aufs Essen! Später sprach meine Mutter im Schulhort bei Fräulein Barth vor : sie solle bitte darauf ach-ten, was und vor allem, dass ich esse. Ich war da-mals ein kleines, untergewichtiges Mäuschen. War ich bei der Essensausgabe im Klassenraum dran, hauchte ich: „Bitte ganz, ganz wenig und kein Fleisch". Leider tat Fräulein Barth immer genau das Gegenteil. Dann versuchte sie mich zu zwingen, diesen vollen Teller auch leer zu essen.

Das widerstrebte mir so sehr, dass ich in meiner Verzweiflung die Kartoffeln, den Rotkohl oder auch das Gulasch lose in die Seitentaschen meines

Ranzens klatschte - natürlich nur in unbeobachteten Momenten.

So ging das täglich! Ich hasste dieses Fräulein Barth, das im Auftrag meiner Mutter richtig Gas gab. Dumm war nur, dass ich vergaß, das Essen aus dem Lederranzen herauszuholen, denn schon mit sieben, acht Jahren liebte ich es, mich zu verabreden und gleich nach Ende des Unterrichts meine zahlreichen Freunde zu treffen. Es gab jedes Mal ein riesiges Theater zu Hause, wenn meine Mutter das verschimmelte Essen aufspürte.

Im zweiten Schuljahr aßen wir gemeinsam mit den anderen Schülern im Speisesaal. Hier hatte meine Mutter die Chefin der Schulküche, Frau Doberenz, beauftragt, mein Essverhalten zu kontrollieren. Das tat Frau Doberenz gewissenhaft und ging sogar so weit, dass sie mir am Wegwerfeimer auflauerte, wo ich versuchte, flink zwischen ihre gegrätschten Beine das Essen in den Eimer zu kippen, bevor sie mich zum Tisch zurückschicken konnte, um meinen Teller leer zu essen.

In meiner Not verhandelte ich mit den Jungs aus meiner Klasse. Ich bot ihnen an, ihre Hausaufgaben zu lösen, wenn sie dafür mein fettiges Fleisch, das ekelhafte Gemüse oder die ollen Nudeln essen würden. Dieser clevere Deal funktionierte viele Jahre!

Als ich zehn Jahre alt war, meinte meine Mutter, für mich als Einzelkind sei es wichtig, in ein Kinderferienlager zu fahren. Ich hingegen hatte dazu überhaupt keine Lust! Ich liebte unser Familienleben sehr und fühlte mich abgeschoben. Meinem Widerstand zum Trotz meldete meine

Mutter mich an. Glücklicherweise erkrankte ich einen Tag vor der Abreise an einer Angina. Mein geliebter Papa schaute mir besorgt in den Hals und kam zu dem Schluss, dass ich viel zu krank sei, um in ein Ferienlager zu fahren. Als er mich ins Bett brachte, flüsterte er mir liebevoll ins Ohr: „Ich bin so froh, dass du hier bleibst, mein liebes Matzele." Nicht nur in diesem Punkt waren Papa und ich uns einig. Ich bin meinem Babschi in vielem so ähnlich: Ich bin temperamentvoll,wie auch er war, manchmal aufbrausend und in anderen Momenten sehr weich und mitfühlend. Wir konnten immer über die gleichen Dinge lachen! Und seinen Ehrgeiz hat er mir ebenfalls vererbt.

Meine Mutter ist wieder fort. Ich liege auf meinem Kuschelsofa und stelle den Fernseher an: ASTRO-TV. Während ich den Fragen der Anrufer lausche und dem völlig von sich überzeugten Kartenleger zuschaue, überlege ich einen kurzen Augenblick, ob das Kartenlegen auf ASTRO-TV nicht auch ein guter Job für mich wäre, live aus Berlin – wie aufregend! Aber nein, ich normalisiere meine Gedankengänge und kehre zurück ins Hier und Jetzt.

Ich zappe weiter: Zwei Frauen vom „Frauentausch" schreien sich an, das Luxusleben der Geißens finde ich auch öde. Entschieden   drücke ich auf Aus. Oh, ich sehne mich zurück in meinen eigenen kunterbunten aufregenden Alltag und beschließe, jetzt ein kleines Schlummerschläfchen zu machen, damit ich so schnell wie möglich wieder gesund bin.

Yin und Yang

Alex ist online und schickt mir einen Guten Morgen-Schmatz-Smiley. Via Sprachnachricht flötet sie mir einen „Beste-Laune-Cocktail" zu und sendet mir ein Feuerwerk an positiven, kraftvollen Wünschen, um meinen Tag mit Schwung anzugehen. An dieser Stelle sei gesagt: Alex und ich wären eigentlich das ideale Ehepaar, denn wir zwei sind, wie man so schön sagt, ein Kopf und ein Arsch. Zwei, die sich einfach verstehen und die Option auf eine spätere Weiber WG durchaus auf der Festplatte abgespeichert haben.

Alex ist genau wie ich ein sehr emotionales, extrem kommunikationsfreudiges und zutiefst mitfühlendes Weibchen, gluckiges Muttertier zweier freiheitsliebender pubertierender Chaoten und langzeitverheiratet. Wobei uns letzteres grundsätzlich voneinander unterscheidet. Dies stellt aber keinerlei Problem dar, denn man muss wissen, ich war ja auch bereits zweimal verheiratet und kenne mich in dieser Sparte durchaus aus. Nur nicht in der Langfristigkeit einer Ehe – da habe ich so meine Schwierigkeiten gehabt, habe aber dadurch meinen Erfahrungsschatz in Sachen männliches Geschlecht massiv angehoben.

Alex ist die Beständige, die Geerdete, ich bin der Flummi: mal wieder geschieden, chaotisch, neurotisch und stets voller Ideen und Tatendrang.

Vor nunmehr 16 Jahren lernte ich meine bessere Hälfte Alex in der Warteschlange aus Secondhand begeisterten, kaufrauschsüchtigen Muttis kennen. Im beschaulichen Gau-Bischofsheim stand ein Kindersachenbasar an und meine Hechelkursbekannte Elisabeth, eine ziemlich langweilige Vollblutmutti, hatte mir dieses Event des Hausfrauendaseins wärmstens empfohlen. Nun stellte sie mir höflich, wie sie nun mal war, ihre Nachbarin Alex vor. Das sollte einen unglaublich hohen Unterhaltungswert meiner dreijährigen Babypause ausmachen. Und nicht nur damals, wie sich bis heute zeigt.

Während Alex schon damals ihr Hausfrauendasein immer recht organisiert und häuslich gestaltete, verschaffte ich mir zugegebenermaßen neben der vierundzwanzigstündigen Poweranimation meines Sohnes Louis gehörige Abwechslung in jeglicher Lebenslage. Da es bei mir keinen Ehemann zu bekochen gab und mein Kronprinz die Alete - und Hipp-Gläschen sehr wertschätzte, verbrachte ich entschieden weniger Zeit in meiner Küche. Dieser Raum, genießt bis heute bei mir keinen hohen Stellenwert und ist eher spartanisch und zweckmäßig eingerichtet, bestückt mit verschiedensten Tiefkühlprodukten und einer Vielfalt an Dosenfutter.

Meine vordergründigen persönlichen Interessen lebte ich bereits in dieser Zeit mit rauschenden Mädelsabenden bei mir daheim aus. Sei es am Lagerfeuer im Garten oder in heimeliger Räucherstäbchen-Atmosphäre, beim Tarot Karten Legen oder Pendeln. Während wir orakelten, das Pendel ausschlug und die nächste Schwangerschaft prophezeite oder die Karten schon baldigst die

Begegnung mit Mr. Right ankündigten, färbte, strähnte oder schnitt ich ganz nebenbei reihum die Haare meines Bienenstaats.

Mit einem feuchtfröhlichen Mädelsabend am Lagerfeuer im häuslichen Garten feierte ich auch mit Alex und Sabine meine erste Scheidung. Zwischen Bratwürstchen und Nudelsalat hatte ich Alex die transparente Strähnchen-Badekappe aufgestülpt und in mühevoller Feinarbeit Strähne für Strähne herausgepuselt. Die Farbe war längst ausgebleicht, als uns auffiel, dass wir sie nun endlich, viel zu spät, abspülen sollten. In angetütelter Sektlaune versuchte ich, die Badekappe, aus der die verkrusteten Igelsträhnchen steif herausragten, einfach von Alex Kopf abzuziehen. Die arme Alex wurde dabei wie ein Ochse vorm Karren hin und her gezerrt, sodass sie das Gefühl hatte, ich würde ihr die Kopfhaut abziehen. Zum Glück hat mir Alex diesen Fauxpas nie verübelt. Wahre Liebe gibt es eben nur unter Frauen! Dennoch war dies dann leider meine letzte Aktion in Sachen Figaro und Strähnchen-Zauber.

Frau kann nun einmal nicht in jeder Königinnendisziplin perfekt sein, doch diesen Anspruch haben Alex und ich zum Glück auch nicht. Für uns zählt eher das Spaßprinzip frei nach dem Motto „Saures macht würzig mit Mitte vierzig".

Auf Paparazzos Spuren

Besonders amüsant finde ich das Reisen mit Freundinnen. Der Spaßfaktor ist dabei entschieden höher - vorausgesetzt, frau reist mit der richtigen Frau. Wobei sich das oft erst während des Trips offenbart. Marie Sandermann war auf großer Nordseetour mit Sandkastenfreundin Anne. Wir hatten uns schöne Tage in der Lüneburger Heide ausgemalt und unsere Kids eingepackt, ich den damals fünfjährigen Louis und Anne ihre zehn - und dreizehnjährigen Buben Benny und Freddy. Mal abgesehen von Annes miserabler Morgenlaune, die mich schier an die Grenzen meiner Toleranz brachte, waren es witzige Tage, frei von lästigen Diskussionen über das abendliche TV-Programm, denn da sind sich Frauen immer einig, oder ewig besetzten Toiletten. Wir verbrachten unseren Urlaub in einer gemütlichen Ferienwohnung, und ich sage ja immer wieder: Frauen unter sich sind einfach prima kompatibel. Beide saßen wir morgens mit dicken Gesichtsmasken am Frühstückstisch, die Kinder von unserem Anblick völlig unbeeindruckt, die nassen Haare in einen Turban gknetet und gesunde Obst-Smoothies auf dem Tisch. Gemeinsam schmiedeten wir Pläne für den heutigen Urlaubstag. Die Kids überstimmten uns, und das Ziel hieß „Heidepark Soltau". Und schon ging's los.

Unsere Tour führte uns Richtung Soltau und ich verfolgte als Beifahrerin so ganz nebenbei die Autobahnschilder. Bis ich plötzlich Abzweig „Rosengarten" las. Moment mal! Rosengarten?!? Hier wohnte doch Chris B.! Ich schrie Anne an, wir müssten jetzt rechts rausfahren, doch sie schüttelte nur den Kopf: „Nein, Marie, Soltau liegt geradeaus." Ich hyperventilierte fast vor Aufregung und flehte sie an, diesen kleinen Umweg in Kauf zu nehmen. „Was um alles in der Welt willst du in dem Nest?", pflaumte Anne mich an. Ihre Laune stieg grundsätzlich erst ab etwa dreizehn Uhr, und der Tag war noch jung. Trotzdem setzte sie den Blinker. „Supi!", rief ich erleichtert und erklärte Anne und den Jungs, dass wir jetzt den Pop-Guru Chris B. besuchen fahren.

Die Kinder kannten ihn natürlich auch aus dem Fernsehen und waren begeistert. Anne dagegen schüttelte nur den Kopf und fragte mich: „Bist du noch ganz dicht, Marie?". „Voll und ganz!", versicherte ich ihr, und schon zeigten die Schilder, dass wir uns kurz vor dem Heimatörtchen von Chris dem großen Poptitan befanden. „Rosengarten" – das gelbe Orteingangsschild empfing uns unspektakulär und äußerst provinziell.

Nun hieß es: Augen auf. Ein Postbote kam uns auf dem Rad entgegen, und ich bat Anne anzuhalten. „Entschuldigung, können Sie mir sagen, wo das Anwesen von Chris B. ist?" Der junge Mann schüttelte vehement den Kopf, berief sich auf seine Schweigepflicht und fuhr reserviert weiter.

Anne lachte mich hämisch aus, aber die Kids hatte die Abenteuerlust nun auch gepackt.

Eine Joggerin, die unseren Weg kreuzte, wurde prompt das nächste Opfer meiner Neugierde.

Diesmal hatte ich mehr Glück. Heiter winkend flötete sie mir zu: „Letztes Haus, linke Seite!" und sauste weiter. Langsam fuhren wir die Allee entlang. Das Haus musste es sein: eingemauert, mondän und herrschaftlich! Wir hielten an. Anne winkte gleich ab und beteuerte, keinen Fuß aus dem Auto zu setzen, während die Kids aufgeregt im Auto herumhüpften. Der kleine Louis sang fröhlich: „Wir sind jetzt bei Cissibo." Wie ein sensationslüsterner Paparazzi zückte ich meinen Fotoapparat und schlich auf die andere Straßenseite. Doch eine etwa zwei Meter hohe Mauer versperrte mir die Sicht auf das Anwesen. Was nun?

Kurz entschlossen kletterte ich die Mauer hoch -grazil wie eine Bergziege. Oben angekommen schaute ich hinunter zu Anne. Sie musste wohl totales Muffensausen bekommen haben, denn ihr Auto stand jetzt gut zweihundert Meter vom Haus entfernt. Mich störte das nicht, zu heiß war ich auf indiskrete Fotos. Ich robbte auf der Mauer entlang, knipste den herrlichen Koi-Karpfenteich, die zauberhafte, gepflegte Parkanlage - und vergaß die Welt um mich herum. Alle Fenster der Villa waren verschlossen, weder Chris noch Caroline waren zu sehen, ja nicht einmal ein Gärtner. Schaaade! Auf einmal erblickte ich eine Videokamera und mein Herz begann zu rasen.

Ich ließ mich die Mauer heruntergleiten und rannte wie eine Irre dem Wagen von Anne hinterher.

Noch völlig außer Atem zeigte ich die geilen Fotos. Ich fühlte mich einerseits wie die neue Informationsquelle von Explosiv Weekend, andererseits war mir aber auch mulmig wegen der Videokamera. Ob sie mich wohl aufgenommen hatte?

Wir setzten den Tag wie geplant im Heidepark fort und hatten jede Menge Spaß. Erst am übernächsten Tag wurde ich von Panik eingeholt. Die Nachrichten meldeten einen Einbruch in der Villa von Chris B.

(An dieser Stelle sei erwähnt, dass ich selbstverständlich gerade die Namen prominenter Persönlichkeiten vorsorglich abgeändert habe, doch lässt sich für die ganz Ausgeschlafenen unter Euch Leser(innen) ganz bestimmt erahnen, wem ich diesen Kurzbesuch abgestattet habe.)

Bei dem Gedanken, dass ich auf der Mauer doch sicher gefilmt worden war, wurde mir ganz heiß, und ich fühlte eine grauenhafte Angst. Gott sei Dank blieb dieses Erlebnis für mich ohne Konsequenzen! Noch heute fühle ich dieses aufregende Bitzeln, schaue ich mir die Fotos an. Glaubt mir, ich würde es immer wieder tun!

PIPI ON TOUR

Ludo, ein ehemaliger Schulfreund und ich waren in seinem weißen, ewig schmuddeligen VW Bus unterwegs nach München. Gehe ich auf Reisen, sitze ich kaum im Wagen, in der Bahn oder im Flieger, da beginne ich, meine Lunch Box zu knacken. Ich esse nicht, ich fresse - nach Herzenslust. Was für ein Genuss, zwischen Bifi-Salami, Tomaten, Käsewürfeln, Keksen und Sonstigem zu wählen und dabei stundenlang Hörspielen zu lauschen, bei denen die Spannung einen schier um den Verstand bringt.

Irgendwann stellt sich dann während einer längeren Fahrt das Bedürfnis ein, ein Klöchen aufzusuchen - ein ganz natürlicher und unspektakulärer Fakt des Menschseins. Seit geraumer Zeit schon hatte ich Ludo gebeten, an einer Raststätte anzuhalten, denn der Punkt ist ja der, wenn die Blase sich erst richtig gefüllt hat, gibt es auch kein Zurück mehr. Leider zeigen sich Männer in dem Punkt wenig einsichtig. Entweder sie ignorieren die Bitte und rauschen an diversen Raststätten oder Parkplätzen vorbei oder sie halten aus unerfindlichen Gründen die nächste Ausfahrt für besser geeignet. So auch Ludo!

München kam bereits in Sicht und kein Klöchen weit und breit. Die Stadt zog sich wie ein Kaugummi und mittlerweile war meine Blase so voll, dass ich jedes Schlagloch, jede Ampelanfahrt und jedes Bremsen spürte, als riefe meine Blase: „Achtung! Achtung! Die große Niagara-Wasserfall-Party beginnt gleich!" Während ich mich so gut wie möglich auf dem Beifahrersitz ausstreckte und mit Hechelatmung meinen Harndrang zu kontrollieren versuchte, wurde Ludo sich endlich des Ernstes der Lage bewusst und begann neben mir am Steuer zu schwitzen. Panisch schaute er immer wieder zu mir herüber, wie ich mich jammernd hin und her schaukelte. Mir war himmelangst zumute. Ludo versuchte mich zu beruhigen, wir würden schon gleich eine Toilette finden. Papperlapapp! Wir waren mitten in München und fuhren gerade durch den großen Stadttunnel! Irrwitzig, das zu glauben.

Schließlich kam der Moment, wo an ein weiteres Einhalten nicht mehr zu denken war. Ich schrie Ludo an, er solle jetzt sofort anhalten! Ludo war so erschrocken, dass er tatsächlich in einer kleinen Seitenstraße parkte. Ich war inzwischen hysterisch, litt unter tierischen Nierenschmerzen und wollte einfach endlich nur pinkeln. Da kam mir die rettende Idee!

Herrisch befahl ich Ludo, mir die hintere Bustür aufzuschließen. Schnell schüttete ich meinen Reiseproviant aus der Einkaufstüte, stieg aus, kletterte hinten in den Bus, die leere Tüte in der Hand, und warf Ludo die große Bustür vor seiner Nase zu. Ludo zischte von draußen, was ich denn eigentlich vorhätte. Ich antwortete nicht, riss in Windeseile meine Jeans herunter und entleerte mich unter befreiendem Stöhnen in die leere Tüte.

In diesem Moment hörte ich, wie Ludo sich vor irgendjemandem dafür rechtfertigte, dass er hier rechtswidrig geparkt hatte. Ludo riss die Bustür auf und was er sah, muss für ihn ein Turboschock gewesen sein: In seinem VW Bus kauerte ich über einer Plastiktüte - und das war leider noch nicht Alles! Ludos Blick war eine Mischung aus purem Entsetzen und völliger Fassungslosigkeit. Ich schaute an mir herunter und sah, dass die Tüte ein großes Loch hatte. Wie ein gelber Bach floss mein Pipi quer durch den Bus. Das musste Ludo erst einmal verdauen: Sein geliebter VW Bus, der unliebsame Geruch und dazu ein Münchener Polizist, der auf umgehende Weiterfahrt aus dem Parkverbot bestand. Armer Ludo! Rasch zog ich mir die Jeans hoch und hüpfte befreit aus dem Bus. Jetzt war Ludo der Konfuse von uns beiden. Uns blieb nichts anderes übrig, wie ein mobiles Toilettenhäuschen bis zur nächsten Tankstelle zu fahren. Dort legten wir eine kleine, aber feine Putzpause ein. Ludo verzichtete auf Vorwürfe, denn es war ja seine eigene Schuld gewesen, dass er nicht rechtzeitig angehalten hatte.

Was lernen wir also wieder? Lange, bevor es dramatisch wird, sollte frau die Rolle der Drama Queen übernehmen, damit ihre Bedürfnisse von den Herren der Schöpfung rechtzeitig ernstgenommen werden. Ich bin überzeugt, dass Ludo, der olle Knallkopf, diese weiblichen Signale so schnell nicht mehr überhören wird.

Dating Jungle

Es ist ein kalter, nebliger Januartag. Bonny & Clyde stapfen mit mir durch die matschigen Weinberge. Trostlos hängen die Wolken vom Himmel und durch die Lüfte dringen schrille Krähenschreie. In meiner Hosentasche vibriert mein Handy, und dazu ertönt der Happy Song von Pharrell Williams, mein Klingelton. Ich liebe diesen Song, ohne dass ich mit ihm einen bestimmten Lover oder eine Lovestory verbinden könnte - er ist einfach cool.

Alex, meine Sonne, ist dran. Sie scheint heute nicht gerade bestens aufgelegt zu sein, denn sie eröffnet unser Gespräch direkt mit den Worten: „Mausi, ich bin schrecklich frustriert und hab keinen Schimmer, was ich machen soll. Nils ist nur noch mit sich selbst beschäftigt, ich erreiche ihn emotional überhaupt nicht mehr." Sofort schwinge ich mich mit tiefer Empathie auf sie ein und horche gebannt zu.

Einundzwanzig Jahre Beziehung sind kein Pappenstiel, und in der Ehe von Alex und Nils hat sich eine langweilige Routine eingeschlichen, die Alex in den Wahnsinn treibt. Während Alex als Muttertier jetzt langsam die Zügel lockert und mit allerliebster und erfrischender Herzensarbeit an einem Eheverjüngungspaket schnürt, scheint Nils sich derzeit eher in der Vollversion einer Midlife Crisis zu befinden. Er hat seine große Liebe zur Modelleisenbahn wiederentdeckt und zieht sich nun möglichst oft in sein Kellerparadies zurück. Ist er einmal nicht im Keller, tobt er sich neuerdings im ortsansässigen Alte-Herren-Fußballverein aus und mutiert zum

Dorf-Maradonna. Während er auf dem Fußballplatz sein inneres Feuer auslebt, kuriert er zu Hause seinen Muskelkater aus und ist zu Aktivitäten mit Alex unmöglich imstande. Aber Gleisarbeiten kann „Mann" ja auch noch im Sitzen ausführen.

Ich höre meiner Alex zu und lasse ihrem Frust freien Lauf, ich kann ihr so mitfühlen. Leider ist mein Handy Akku jetzt leer, und wir vertagen das weitere Gespräch auf den Abend. Gedankenversunken stapfe ich weiter durch die Weinberge. Alex leidet. Sie leidet darunter, in ihren Kindern keine Aufgabe mehr zu haben, und wünscht sich, dass Nils diese Lücke füllt. Alex liebt ihren Nils aufrichtig. Nils ist ja auch ein toller Kerl, ein Freund, wie ich ihn mir nicht besser vorstellen kann. Aber er hat derzeit anscheinend seine Fühler für Gemeinsamkeiten mit Alex gänzlich eingerollt. Aber Alex wäre nicht Alex, würde sie nicht um ihre Ehe kämpfen.

Ich bin zu dem Schluss gekommen, dass Männlein und Weiblein so grundsätzlich verschieden sind, dass es klüger ist, seine Vorstellung von der idealen Beziehung nicht zu hoch anzusetzen. Stattdessen sollte frau den Fokus lieber auf ihre eigenen Ziele setzen. Dann hat der Partner nicht den Druck, die hohen Erwartungen erfüllen zu müssen, und viele Probleme und Missverständnisse ersticken schon im Keim. Hat frau allerdings einen Partner, der überhaupt nicht zu ihr passt, so wie mein Mann Nummer Zwei, sind Hopfen und Malz von vornherein verloren.

Mein Ehemann Nummer Eins, meine große Jugendliebe, entpuppte sich als ein notorischer Fremdgänger. Schließlich warf ich seine Koffer aus dem Fenster direkt vor das eiserne Eingangstor und sah schadenfroh zu, wie er seine wenigen Habseligkeiten, die verstreut auf dem Gehweg lagen, einsammeln durfte. Enttäuscht, verwirrt, verzweifelt leckte ich eine Weile meine Wunden, bevor ich mich auf die Suche nach Mr. Right machte, dem Mann, mit dem ich meinen noch immer lebendigen Traum von Familie leben wollte und der für meinen damals zweijährigen Louis, dem unangefochtenen kleinen Mann Nummer Eins in meinem Leben, ein guter Ersatzpapa sein würde.

Tatsächlich sollte ich viele Frösche küssen, bis ich mich sechs Jahre später auf den Prinzen, Ehemann Nummer Zwei, Lars, den Intellektuellen, Tiefgründigen, festlegte.

Auf meiner Suche begegneten mir die unterschiedlichsten Exemplare von Männern, die zeitweise zu Mitreisenden wurden auf meiner rasanten Fahrt durchs Leben.

Der turbogeile Sven wurde von Busfahrer Michi abgelöst. Michi lernte ich auf meinen täglichen Fahrten zum Büro kennen. Ich setzte mich immer gleich in die vorderste Bank, um im Spiegel seine Blicke auf mich zu ziehen – mit Erfolg! Michi war ein lustiger Typ, ganz anders als der hagere verbissene Sven, der immer nur eins im Kopf hatte: Sex.

Michi eroberte mein Herz im Fluge. Er war so herrlich unkompliziert und natürlich.

Auch mit   meinem damals vierjährigen Louis verstand er sich prächtig. Allerdings war Michi acht Jahre jünger als ich, also knapp über Zwanzig. Ich hingegen hatte schon die Dreißig angekratzt und war ihm intellektuell deutlich überlegen. Außerdem hatte

Michi die Arbeit nicht erfunden und lebte noch mit total jugendlicher Unbekümmertheit. Das stank mir bald reichlich. Wie sollte er denn für Louis und mich Verantwortung übernehmen können, wenn er das noch nicht mal für sich selbst konnte? Also schoss ich ihn ab.

Es dauerte nicht lange, bis sich im Fitnessstudio meine Blicke mit dem des attraktiven Franky kreuzten. Er gehörte zur Kategorie selbstverliebter Männer und brauchte morgens im Bad doppelt so viel Zeit wie ich. Franky arbeitete als Straßenbaumeister und peppte sein Gehalt mit Waschmittel-Werbedrehs und dem Verkauf von Modeschmuck auf Volksfesten und Märkten auf. Nach einem gemeinsamen Besuch auf dem Weihnachtsmarkt, bei dem ich mein Geld vergessen hatte, rechnete Franky mir an der Haustür auf den Cent genau seine Ausgaben für meine Schlemmereien vor und forderte sie zurück. Ich gab ihm noch ein Trinkgeld dazu und katapultierte ihn ins Sankt Nimmerleinsland – ohne Rückfahrkarte.

Kurz danach lernte ich beim Altweiberball als Strapse tragende Krankenschwester den attraktiven Doc Steve kennen, der sich später überraschend als Fahrer eines Ferraris outete. Allerdings war er im wahren Leben nicht annähernd so charmant wie an Fasching und seine Wohnung, in die er mich einlud, war an langweiliger Einrichtung kaum zu toppen.

Ich kam mir vor, als säße ich im Gruppenraum eines Altenheims. Damals nutzte ich bei meiner Suche nach meinem Mr. Right selbstredend auch die Medien.

Über den Pro 7 Text stieß ich auf Karsten aus

Simmern. Karsten litt leider unter ständigen Depressionen, und meine Therapieversuche gab ich schon bald bocklos auf.

SAT 1 bot eine ähnliche Dating Plattform an. Ich reagierte auf die Anzeige „Großfahndung nach attraktiver Unbekannten aus dem Raum Mainz" und traf schon bald den schnuckeligen Banker Ronny. Nach unserem Kinobesuch lockte er mich in seine Wohnung, zeigte mir seine Fotoalben und sollte schließlich als mein einziger One Night Stand in meine Memoiren eingehen. Nach dieser Nacht zog er seinen ohnehin schon jämmerlich kleinen Schwanz ein und fühlte sich plötzlich viel zu unerfahren, um eine Frau mit Kind zu lieben. Mit mir habe das gar nichts zu tun. Was für ein Arschloch!

Eines Abends hörte ich auf Radio FFH die Sendung „Kontakte". Sie bot die Möglichkeit, quer durch den Äther nach einem passenden Partner zu suchen, was ich dann auch tat. Nach einem Song von Lionel Richie rief ich beim Sender an. Im anschließenden Interview mit Andrea, der Moderatorin, erzählte ich frei Schnauze, wer ich bin, wie ich aussehe und dass es mich nur im Doppelpack gäbe. Nach mir folgten drei weitere Interviews mit Menschen, die ebenfalls ihren Wunschpartner via Radio suchten.

Am Ende der Sendung rief mich die Redakteurin an und sagte, ihre Telefonleitungen seien zusammengebrochen. Sie hätten zusätzliche Studenten bemühen müssen, um alle Anrufer für mich zu erfassen. Einhundertsiebzig Männer interessierten sich für mich - eine bis dato ungekannte riesige Resonanz. Also ein voller Erfolg für mich!

In den folgenden Wochen telefonierte ich nun diese Liste kontinuierlich ab. Hängen blieb ich letztlich an Jan, einem fünf Jahre älteren Gießener. Wir hatten eine schöne Zeit miteinander. Trotzdem beendete ich nach einem halben Jahr die Beziehung. Jan war einfach noch zu sehr mit seiner eigenen Scheidung und der Trennung von seinem Kind beschäftigt, um wirklich offen für mich zu sein. Außerdem war sein Geiz mir unerträglich und naja, Gießen liegt auch nicht gerade um die Ecke.

Mittlerweile war ich auch online und chattete in der damals aktuellen Plattform „Yahoo Dating". Dieses Kapitel ist besonders in meiner Erinnerung verankert. Bevor ich hier nämlich meinen Ehemann Nummer Zwei kennenlernen sollte, hatte ich einige sehr unangenehme Dates. Beispielsweise mit dem durchaus weltoffenen, intellektuellen Grundschullehrer aus Frankfurt, der mich schriftlich und telefonisch absolut faszinierte, der dann aber bei unserem ersten Treffen fast zahnlos vor mir stand.

Oder mit dem Stalker Kai, der mir, während ich in der verabredeten Location auf ihn wartete, immer wieder per SMS schrieb, wie geil er mich fände, sich mir aber nicht zeigte. Für diese Unverschämtheit ließ ich ihn bei „Yahoo Dating" sperren.

Doch schließlich war meine Suche in diesem Portal von Erfolg gekrönt. Ich begegnete dem Mann, der exakt neun Monate später mein zweites Ja-Wort bekam: Lars.

Inzwischen bin ich vom Spaziergang zurück, koche mir einen leckeren Matcha-Tee, mache es mir auf der Couch gemütlich und rufe, wie versprochen, meine liebe Alex zurück.

Verpeilt

Wieder einmal war ich, Marie Sandermann, auf Reisen. Auf dem Londoner Flughafen stöberte ich vor dem Heimflug im Duty Free Shop, schnüffelte voller Freude über die dargebotene erlesene Duftvielfalt versonnen an den edlen Flacons. Irgendwann dröhnte es aus den Flughafenlautsprechern: „ Miss Marie Sandermann, Mr. Schiller, please come on board, the last invitation !" Hatte ich gerade richtig gehört? Wie peinlich war das denn?

Wir schnappten unser Handgepäck, rannten den Gang entlang zu unserem Gate und stürzten die Gangway hinauf. Das Flugzeug hatte nur auf uns gewartet, alle anderen Passagiere saßen längst auf ihren Plätzen und starrten uns vorwurfsvoll an. Oh weh! Und besonders ärgerlich, dass mir letztlich die Zeit gefehlt hatte, das richtige Parfum auch zu kaufen. Aller Schnupperaufwand umsonst!

Nun musste ich mich dem Kopfschütteln der genervten Mitreisenden aussetzen und obendrein die Stinkigkeit meines damals frischgebackenen ersten Ehemannes ertragen, der natürlich die Schuld ausschließlich bei mir suchte. Ich mimte dann irgendwann einfach die Müde und verpennte den ohnehin energetisch verfrorenen Rückflug.

Den nächsten Vogel schoss ich dann Jahre später bei meinen Schwiegereltern ab. Nach drei Wochen Familienurlaub in Florida wollten sie uns freudestrahlend am Düsseldorfer Flughafen in Empfang nehmen – nur wer nicht kam, waren wir.

Konnten wir auch nicht, denn wir lagen zu dieser Zeit noch selig schnaufend in unserem Hotelbett in Miami, bis - ja, bis das Handy klingelte und mein aufgeregter Schwiegervater in den Hörer schrie, ob bei uns alles okay sei, ob wir uns verpasst hätten und das Gate A sei doch das richtige, alle anderen Passagiere seien längst herausgekommen. Mutter Rosemarie habe bereits Herzschmerzen vor Aufregung und sitze ganz blass neben der Rolltreppe.

Häh? Was war da los? Scheibenkleister! Der Fehler lag bei mir, was ich natürlich nicht zugab, da ich ja ohnehin nie die Traumschwiegertochter für die beiden war. „Wie eigenartig", antwortete ich daher meinem Schwiegervater. „Das verstehe ich aber jetzt nicht." Menschenskinder, ich hatte mich wieder einmal im Datum geirrt. Unser großer Vogel sollte erst am nächsten Tag landen. Unverzeihlich – für mich selbst, auch für Lars und natürlich, wie sich am nächsten Tag bei unserer Ankunft zeigen sollte, erst recht für meine Schwiegermonster.

AUF LÖWENJAGD

Wir waren zu einem Familien-Wochenende nach Hamburg gereist. Wir, also meine Schwiegereltern, Lars, und natürlich Louis und ich freuten uns ganz besonders auf das Musical „König der Löwen". Schon vor Monaten hatte ich die Tickets online geordert. Für Samstagnachmittag hatten wir einen Besuch des legendären Zoos „Hagenbeck" geplant und am frühen Abend wollten wir uns dann im Hotel für den anschließenden Musicalbesuch herausputzen.

Der Zoobesuch war tatsächlich ein buntes Erlebnis. Von Vorfreude auf den Abend erfüllt verteilten wir uns auf unsere Zimmer. Vorher übergab ich meinen Schwiegereltern ihre Tickets, und nun war jeder mit Duschen, Frisieren und Ankleiden beschäftigt. Ich stand noch unter der Dusche, als Louis die Duschkabine aufriss und mich anschrie: „Mama! Opa meint, unsere Musicalvorstellung sei schon um vierzehn Uhr gelaufen!" Dicke Tränen rollten über seine damals noch kindlich runden Bäckchen. Um Himmelswillen! Ich schaute in die zugekniffenen, vor Wut sprühenden Augen von Lars, der unsere Tickets in der Hand hielt und immer wieder mit zitternden Fingern auf die dort markierte Uhrzeit trommelte. Erst sprachlos, brüllte er mich bald schon an: „So eine ausgekochte Superkacke!" Oh Gott, das konnte nicht wahr sein! In Windeseile trocknete ich mich ab und versuchte mich zu beruhigen, um eine zündende Idee zu finden, mit der ich die Situation retten könnte. Der Rest der Familie schaute mich wie versteinert an.

Aber was wäre Marie Sandermann ohne ihre spontanen Schnellschuss-Einfälle!? Ich rief an der Theaterkasse an und gab vor, wir hätten gegen dreizehn Uhr einen Unfall vor Hamburg gehabt, und die unangenehmen Formalitäten hätten uns lange aufgehalten, so dass wir erst jetzt in Hamburg angekommen seien. Wäre es nicht möglich, die bereits bezahlten Tickets für die verpasste Nachmittagsvorstellung am Abend einzulösen? Ein paar freie Plätze gäbe es doch hoffentlich noch.

Meine dramatische Schilderung weckte in der Dame am Telefon Empathie, sie freute sich mit mir über unseren ausschließlichen Blechschaden. Ich wollte schon erleichtert aufatmen, als sie pro Karte einen nochmaligen Aufschlag von fünfzig Prozent ankündigte. Uuups! Wie bitte? Wir hatten doch eh schon teure Plätze, direkt nebeneinander, gebucht und würden nun irgendwo verteilt sitzen müssen. Und dann nochmal fünfzig Prozent Aufschlag pro Karte?! Wie sollte ich das bloß den anderen beibringen? Louis sollte auf jeden Fall das Musical erleben, wir waren doch schon so nah am Ziel. Mit viel Gezeter und nur Louis zuliebe erklärten sich schließlich alle einverstanden.

Auf ging es, ab in die S-Bahn Richtung Hafen – Landungsbrücke. Dummerweise tickte die Uhr bereits ganz laut: neunzehn Uhr fünfzehn. Bis Vorstellungsbeginn blieben uns nur noch fünfundvierzig Minuten, eine weitere Vorstellung gab es an dem Tag nicht mehr. Plötzlich ruckte der Zug und stand still. Nein, oder? Was war jetzt los?

„Bahn defekt. Bitte umsteigen!", ertönte es aus den Zuglautsprechern.

Zu allem Überfluss lamentierte meine Schwiegermutter immer und immer wieder, wir würden das Theater niemals rechtzeitig erreichen. Die leuchtenden Augen meines kleinen Hoffnungsträgers Louis füllten sich mit Tränen. Sieht sie denn gar nicht, wie traurig sie Louis macht mit ihrem negativen Geschwätz, dachte ich. Doch wir hatten Glück im Unglück! Eine Ersatzbahn kam und brachte uns um neunzehn Uhr fünfundvierzig an die Landungsbrücken.

Doch das Unglück hatte noch keinen endgültigen Bogen um uns gemacht. Wie die Turboolympioniken rannten wir die alten Holzstege Richtung Musical-Fähre hinauf und wie es das Schicksal wollte, stürzte meine zeternde Schwiegermutter und schlug eine ordentliche Rolle aufs Parkett. Sie heulte wie eine Sirene. Mit Engelszungen redeten wir auf sie ein, um sie zum Aufstehen zu bewegen, stets mit einem Blick zur nahenden Fähre. Irgendwie schafften wir es, nassgeschwitzt, gemeinsam mit ihr auf die Fähre zu gelangen. Um neunzehn Uhr neunundfünfzig sprach ich noch einmal meine Lügenstory am Ticketschalter vor, mit dem Hinweis wir bräuchten nun doch einen Sanitäter. Mit strapazierten Nerven und nach chaotischen Umwegen waren wir jetzt endlich drin– ein Segen!

Meine Quintessenz: Lasse niemals deine Ausreden ausgehen! Sei kreativ und glaube an Dein Ziel! Du wirst es erreichen!

Scheinschwanger

Ich war mit Lars nach Paris, in die Stadt der Liebe gereist. Herrliche, erlebnisreiche Stunden lagen hinter uns und heute, Sonntag, sollte unser letzter Tag hier sein. Unsere Rückfahrt mit der Bahn stand erst für abends an und so ließen wir die Koffer samt Reiseunterlagen im Hotel. Im Laufe des Tages fragte mich Lars noch einmal nach der Abfahrtszeit und ich versicherte ihm, sie sei um 18 Uhr.

Wir genossen das sonntägliche Pariser Flair, das Künstlerviertel, Notre Dame und flanierten entlang der Parkanlagen am Eiffelturm. Gegen 17 Uhr fuhren wir zum Hotel zurück, um unsere Koffer zu holen. Lars suchte unsere Bahntickets heraus und verglich gewissenhaft Bahnsteig und Uhrzeit. Plötzlich spürte ich, wie seine so positive Reiselaune kippte, kreidebleich schaute er mich an: „Marie, unser Zug ist bereits vor 25 Minuten abgefahren." Lachend schüttelte ich den Kopf. „Das glaube ich nicht! Zeig mir mal die Tickets!"

Tatsächlich – so ein Fuck ! Ich hatte mich leider, und nicht zum ersten Mal in der Uhrzeit vertan. Das Dumme war, dass unsere Fahrkarte nur für diesen einen Zug Gültigkeit besessen hatte. Was nun? Louis war übers Wochenende bei seinen Großeltern, und Montagmorgen sollte bei Sandermanns wieder der normale Schul - und Arbeitsalltag beginnen. Lars Stimmung sank in den Keller.

Er schrie mich an, tobte! Kleinlaut saß ich in der Metro neben ihm und versuchte mir einen

Schlachtplan zurechtzulegen. Wie könnten wir bis morgen früh unser beschauliches Bad Kreuznach erreichen, ohne neue Tickets kaufen zu müssen?

Zunächst schickte ich meiner Mutter eine SMS, in der ich ihr das Malheur beichtete. Danach schaltete ich mein Handy auf stumm, denn ich wusste, Mutti würde mich schon in Kürze endlos mit Vorwürfen zumüllen.

Auf dem Bahnhof angekommen, redete ich mit Engelszungen auf den schnaufenden Lars ein, dass mir mein Gefühl längst sage, alles werde gut. Worauf er mir antwortete, er gebe auf mein Gefühl genau so viel, wie wenn im Weiher ein Frosch furze.

Wir stellten uns in der Schlange am Schalter an in der Hoffnung, einen anderen Zug ins geliebte Old Germany zu bekommen. Das musste doch irgendwie klappen! Leider fiel die Antwort des Schalterbeamten, ein farbiger Mitfünfziger mit großer Brille und fröhlichem Lachen, nicht annähernd positiv für uns aus. Alle Züge waren völlig ausgebucht. Nächste Abreisemöglichkeit: Morgen Mittag. Ausgeschlossen! Da müssen wir längst arbeiten und Louis in der Schule sein.

Lars wurde erneut laut, aggressiv und beschimpfte mich wie ein Rohrspatz. Ich musste mir jetzt schlagartig etwas einfallen lassen.

Laut dem Schalterbeamten sollte heute noch ein Zug nach Frankfurt fahren, der zwar völlig ausgebucht war, aber für wenige Minuten hier anhielt. Mein Ziel musste es also sein, irgendwie auf diesen Zug zu kommen, auch ohne passendes Ticket.

Lars hatte inzwischen verzweifelt seinen Kopf in beide Hände vergraben, schüttelte ihn ungläubig und warf mir böse Blicke zu. Die Ansage für diesen Zug Richtung Frankfurt tönte jetzt in der wunderschönen französischen Sprache gut verständlich durch die Halle. Lars blieb unbeeindruckt. Für ihn war dieser Zug in keiner Weise ein Rettungsanker, weil er ja als ausgebucht galt. In mir zündete eine brillante Idee.

Ich verlangte von Lars, er solle seinen dicken Strickpulli ausziehen. Lars schaute mich verwirrt an, widersprach aber nicht. Er dachte wohl, ich würde frieren. Ich hingegen hatte ganz andere Pläne und eilte mit dem Strickpulli auf das Damen WC. Dort stülpte ich mir den kuschelwarmen Winterpulli unter meinen Mantel und formte damit einen Schwangerschaftsbauch. So rannte ich zurück zu Lars, der mich ebenso entgeistert ansah wie die feine alte Dame neben ihm. Ich sprudelte ihm meinen Plan entgegen und verlangte, dass er sofort mitspiele, denn uns bliebe nur diese kurze Zeit, in der besagter Zug hier stehe. Gott sei Dank ließ sich Lars, ohne zu zögern, auf dieses Schauspiel ein.

Ein gewisses komödiantisches Talent hatten mir bereits die Lehrer in meiner Schulzeit quittiert und mich mit einer Empfehlung zur Schauspielschule Ernst Busch nach Berlin geschickt. Ich fuhr dann auch mit Mama zum Tag der offenen Tür dorthin, kam dort aber zu dem Schluss, dass dieses Studium nicht das war, wovon ich träumte.

Hastig instruierte ich Lars, ich würde gleich schmerzhafte Wehen vortäuschen. Er solle mit mir im Arm, so á la Josef und Maria, mit besorgter Miene einen Schaffner ansprechen und darauf verweisen, dass bei mir vorzeitige Geburtsaktivitäten eingesetzt hätten, die unsere Mitreise unumgänglich machte. Unser Kind sollte schließlich in Deutschland geboren werden!

Ich begann meine oskarreife Inszenierung und stöhnte lautstark, während ich mit der Hand im Kreuz, gestützt von Lars, mit schleppenden Schritten in Richtung des mittlerweile eingefahrenen Zuges lief, wo mehrere Schaffner an den geöffneten Türen bereit standen. Bingo! Ein Schaffner kam direkt Anteil nehmend auf uns zu.

Für einen Moment befürchtete ich, dass er sofort einen Krankenwagen rufen würde. Das wäre fatal gewesen! In passablem Französisch erklärte ihm Lars, dass bei mir vorzeitige Wehen eingesetzt hätten und wir unter diesen Umständen dringend heute noch reisen müssten. Mein Plan ging auf: Der Schaffner hatte Erbarmen und bot uns an, in seinem Personalabteil mitzufahren. Wie eine von Wehen gebeutelte Mutti ließ ich mich von Lars und dem Schaffner in den Zug heben. „Du elende Hexe", raunte Lars mir zu.

Nachdem alle Türen geschlossen waren und der Zug rollte, nahm der Schaffner bei uns Platz, und mir blieb nichts anderes übrig, als weiterhin die Schwangere zu mimen. Nun reist man ja mit der Deutschen Bahn bekanntlich eher bei unangenehmen, unterkühlten Temperaturen. Dieser Zug allerdings war komplett überheizt. Lars legte sogleich seinen Mantel ab und machte es sich reisegemütlich. Genau dieses Privileg hatte ich

nicht, da sich ja unter meinem Mantel kein Baby-
bauch, sondern Lars' zusammengeknautschter,
obendrein kratzender schwarzer Strickpulli ver-
barg.

Der freundliche Schaffner saß mir genau
gegenüber. Und das bis Frankfurt?! Oh mein Gott,
wie sollte ich das bloß aushalten? Jedes Mal, wenn
der Schaffner das Abteil verließ, lüftete ich kurz
meinen klatschnassen Bauch und wehrte mich
gegen die schadenfrohen Kommentare von Lars,
der ganz entspannt und wohl temperiert seine
Heimreise genoss. Ich war heilfroh, als der Zug in
Frankfurt einlief und das Szenario damit ein Ende
hatte!

Testosteronbomber

Marie Sandermann hat Feierabend. Ich schließe die Ladentüre ab und mache drei Kreuze! Es ist schon wieder dunkel, und mir knurrt der Magen. Jetzt schnell heimfahren und mich überraschen lassen, wie Prinz Junior gehaust hat. Es ist jedes Mal eine wahre Überraschung, die Türe aufzuschließen und entweder direkt am Eingang im Tiefflug über diverse Arbeitsschuhe und Jackenberge von ihm und seiner Gefolgschaft zu stürzen oder spätestens in der Küche in Ohnmacht zu fallen und den letzten Verdauungsspuren in der Toilette einen freundlichen Gruß zu erweisen.

Meine Mopshunde Bonny & Clyde würden mit Sicherheit auch noch nicht das Vergnügen gehabt haben, einen Pipispaziergang gemacht zu haben, da Louis Sandermann sich weitaus wichtigeren Dingen widmet, wie zum Beispiel dem regelmäßigen Fitnessstudiobesuch und dem Stählen seines mittlerweile ganz passablen muskulösen Bodys. Der Spiegel ist seit neuestem sein bester Freund — wenn er sich davor, natürlich unbeobachtet, mit harten Kraftposen und sinnlichem Schlafzimmerblick selbst bewundert.

Bodybuilding ist der eine Teil seines Lebens, der ihm wichtig ist, außerdem setzt Louis seinen Fokus auf seine mittlerweile fast zweijährige Beziehung zu Sophie Fackel, einer sechzehnjährigen kleinen Lolita mit langen Haaren, neckischen Kurven und großem Verliebtheitspotential, das sie Louis „Wonderman" reichlich zollt. Mit unermesslicher Geduld erträgt sie mein Fleisch und Blut, von mir auch Stinktier oder Ekelmacho genannt. Sie räumt seinen zugemüllten Saustall auf, beseitigt verschimmelte Essensreste hinter seinem Bett und toleriert seine nervige Fitness-Schwallerei.

Erstaunlicherweise erweist sich mein Kind als äußerst treu und beziehungsbeständig, fast schon beängstigend, wenn ich bedenke, welchen Schwieger-sohn-Status er bereits jetzt beim Sophie-Fackel-Clan feiert. Nun denn, geliebt zu werden, ist das Schönste auf der Welt.

Sophie teilt nicht gern – zumindest nicht ihren Dreamboy Louis. Hingegen mag sie es, wenn ich mit ihr mein Duschbad teile, Haarshampoo inklusive und wir auch gemeinsame Sache im Schmutzwäschekorb machen. Das sieht dann so aus, dass sich ab und an ein kleines Spitzenhöschen oder auch mal ein Tampon in meine Waschmaschine verirrt. Aber ich klopfe mir auf die Schulter und denke, bleib locker, es war ja Gott sei Dank nur ein Tampon und kein Schwangerschaftstest! Jetzt schon Oma werden, das wäre übrigens auch mein persönliches „Knock out". Oma Marie on Tour mit Enkelkind... Ich sehe mich nicht als Oma. Noch nicht. Nein! Ich verweigere weitere Gedanken daran.

Es wäre absurd zu glauben, dass ich auf meine Kinoabende, Spirit-Nachmittage und geliebten Urlaube nur ansatzweise verzichten würde. Ne, ne! Nicht mit dreiundvierzig! Marie Sandermann ist in ihrer Blütezeit! Jetzt geht's an die Selbstverwirli-chung, Alex und ich sind uns da einig.

Es wird jetzt gelebt, wir sind auf dem Vorwärts-marsch und streben hohen Zielen und unserer

Unabhängigkeit entgegen.

Die Wohnungstür ist nur angelehnt, als ich die Treppe hochkomme – Louis hat wohl vergessen, sie zu schließen. Freudig tanzend begrüßen mich Bonny & Clyde, natürlich hungrig, denn wie könnte es anders sein, Louis hatte nur an seinen eigenen Appetit gedacht – so sieht zumindest die Küche aus.

Ich steige über den befürchteten Jackenberg vor der Türe, leine meine felligen Lieblinge an und gehe die abendliche Gassi-Runde. Bei meiner Rückkehr ertönt aus dem Zimmer von Louis ein kreischendes „Alter, lass das!" Es ist Sophie, die sich vergebens versucht, aus der gemeinsamen Bettkeilerei zu befreien. Nach einer kurzen Begrüßung schließe ich Louis Zimmertür rasch wieder, weil der Duftpegel aus einer Mischung Billigparfum „One Million" und Schweißfußturnschuh meine Geruchssynapsen sofort erstarren lässt.

Prinzen-Absturz

Es klingelt Sturm. Wer kommt denn jetzt noch, so spät am Abend? Immerhin ist es fast 23:30 Uhr, und außer meinem Kind, das bei Freunden einen heiteren Shisha-Abend geplant hatte, erwarte ich zu dieser Stunde niemanden. Im Außenlicht zeichnen sich durch die Glastür die Konturen von drei Personen ab. Da ich allein zu Hause bin – Ben hat es heute vorgezogen, in seiner Junggesellenwohnung zu nächtigen -, bin ich mir gar nicht sicher, ob ich überhaupt öffnen soll und nähere mich nur zögernd durch den Flur.

Da höre ich den Freund von Louis, der Mut machend zischt: „Alter, jetzt haben wir es geschafft! Ab ins Bett mit dir!" Mein Mutterherz erstarrt. Was ist da los? Ich reiße die Eingangstüre auf und was ich da sehe, will ich nicht glauben: Mein Kind, gestützt von zwei Freunden, wankt und schwankt völlig betrunken mit einer ekelhaften Schnapsfahne an mir vorbei. Immer wieder greifen seine Freunde unter seine Arme und stützen ihn. Ich eile voraus, um Licht in seinem Chaoszimmer zu machen und schlage sein Bett zurück, auf das er wie ein nasser Mehlsack plumpst. Fast unverständlich lallt er mir entgegen: „Mama, ich bin so müde" und fällt augenblicklich in einen komaähnlichen Tiefschlaf.

So ein Mist! Seine Freunde versuchen nun mich, eine totale Nichttrinkerin, mit den Worten zu beruhigen, Louis habe wohl den Shisha-Rauch nicht vertragen. Fraglich bleibt nur: Woher kommt dann die Schnapsfahne? Sie reden noch eine Weile auf mich ein und machen sich dann wieder auf den Weg.

Zitternd und völlig verzweifelt sitze ich in meinem Wohnzimmer. Mein Kind kehrt als Schnapsleiche heim. Ich fühle mich von dieser Situation vollkommen überfordert. Tränen rollen mir übers Gesicht. Wen könnte ich jetzt mitten in der Nacht anrufen und um Hilfe bitten? Ich wähle die Nummer von Lars.

Lars ist der Intellektuelle. Ich habe ihn bei Yahoo Dating kennengelernt, und neun Monate später gab ich ihm das zweite Jawort meines Lebens. Lars, der Mann, der sieben Jahre mit uns lebte, lachte, weinte, stritt. Der Mann, der mein damals siebenjähriges Kind adoptierte und sich gerne von ihm Papa nennen ließ. Der Mann, für den es kein Problem darstellte, Louis über den Rücken zu streicheln, wenn er kotzend über der Kloschüssel hing. Der Mann, der sich von uns überreden ließ, zwei Mopshunde anzuschaffen. Wir drei waren sieben Jahre lang eine Familie.

Lars geht tatsächlich ans Telefon und hört sich das Drama an. Er ist dafür, dass ich Louis sofort einpacke und mit ihm zur Diakonie düse, um dort einen Drogentest durchführen zu lassen. Aber wie soll ich Louis zum Auto schleppen? Er schläft wie ein Toter und ich hätte gar keine Chance, ihn überhaupt wach zu bekommen.

Lars klingt besorgt, kann aber auch nicht kommen, da er bereits selbst etwas getrunken hat. Er beruhigt mich und schickt mich ins Bett. Ich glaube zwar nicht, dass ich schlafen kann, aber zumindest tut Lars mir gut. Ich fühle mich nicht mehr so allein. Bevor wir das Gespräch beenden, muss ich Lars versprechen, dass wir uns am nächsten Morgen hören und alles Weitere besprechen.

Ich stelle Louis einen Eimer vors Bett, hoffentlich zielt er bei Bedarf sicher, gehe mit leisen Schritten in mein Zimmer, lasse alle Türen offen und hoffe, dass der weitere Verlauf der Nacht unspektakulär wird.

Der nächste Tag bedeutet für mich, acht Stunden in meiner kleinen Boutique zu arbeiten, freundlich die Kundschaft zu umsäuseln, geduldig zuzuhören und einen klaren Kopf zu haben.

Mit Hochspannung liege ich im Bett und lausche in der Stille der Nacht nach Geräuschen von meinem Kind, doch außer dem Rauschen des Kühlschrankes höre ich nichts. Ich fühle mich einsam und sehne mich nach Ben. Könnte er mich doch jetzt im Arm halten, mich kraulen und mir die nötige Ruhe schenken – aber nein, stattdessen liege ich allein mit meinen Sorgen im Bett.

Ich denke an Lars, an unsere gemeinsame Zeit. Leider hat unsere Ehe nicht dauerhaft funktioniert. Er und ich sind so grenzenlos verschieden. Ich war jetzt auch nicht gerade die Wunschschwiegertochter seiner bis heute maximal dominanten Eltern, die sich für ihren Sohn ein Heimchen am Herd gewünscht hätten. Ihnen genügten meine häuslichen Tugenden nicht, und ich bot reichlich Zündstoff, vor allem meiner mir niemals liebevoll zugewandten Schwiegermutter.

Lars hatte die Eigenart, vor jedem ihrer regelmäßigen Besuche in völligen Hausputz zu verfallen, er kroch quasi in jeden Lampenschirm, um Mutti ein sauberes Heim zu präsentieren. Die Tage vor ihren Besuchen wurden für mich zum Albtraum, unsere Stimmung war gereizt, und ich hatte es immer mehr satt.

Eigentlich hätte ich schon am Tage der Hochzeit merken können, dass Lars und ich nicht wirklich zusammenpassen, denn Lars brachte mich bereits am Hochzeitstag fast um den Verstand. Statt mich wie vereinbart im Brautkleid zum Fototermin abzuholen, ließ er mich nur wissen, dass er im Stau stehe und direkt in den Schlosspark komme. Also musste mich meine Freundin Anne kurzerhand in ihrem dreckig speckigen Firmenwagen dorthin fahren. Jetzt hätten nur noch Schmierölflecken auf meinem Brautkleid gefehlt!

Im Schlosspark angekommen, war von Lars weit und breit nichts zu sehen. Völlig aufgelöst stand ich in meinem wundervollen Hochzeits-kleid mit dem Fotografen und Anne auf der großen Wiese und sah zu, wie andere Brautpaare glücklich posierten, während ich verzweifelt auf die Uhr starrte, weil der Termin in der Kirche immer näher rückte. Irgendwann, so kurz vor knapp, kam Lars mit seinem Trauzeugen ange-saust.

Ohne auch nur ein einziges Kompliment über mein zauberhaftes Brautkleid verlauten zu lassen, schilderte er genervt sein Stauerlebnis. Wie unromantisch! Ernüchtert gingen wir zum Fotoshooting über.

In anderen Situationen hingegen brachte ich es fertig, Lars völlig zu überrennen. Beispielsweise holte ich ihn an einem Fastnachtsfreitag nach einer langen geschäftlichen Flugreise vom Bahnhof ab und überraschte ihn mit Karten für eine Fastnachtssitzung. Rein ins Auto, die blaue Perücke auf den Kopf gestülpt, und ab ging es! Natürlich hätte Lars lieber seinen Jetlag auskuriert und ließ den ganzen Abend völlig bocklos über sich ergehen.

Mit der Zeit wurde mir mehr und mehr bewusst, dass Lars und ich nur noch wie Geschwister zusammenlebten. Eine Eheberatung, die ich initiierte, führte ins Leere. Ich ertrug seinen Ödipuskomplex nicht länger, und ihn nervte mein kunterbunter Lebenswandel. Zum Glück waren wir uns nach wie vor in der Erziehung von Louis einig ebenso in der Liebe zu unseren Hunden.

Eines Tages entdeckte ich in Lars' Fotoapparat Fotos, die Schmutzecken in unserem Haus zeigten, die es so gar nicht gab. Wahrscheinlich hatte Lars sie inszeniert, um diese Fotos dann seiner überaus geliebten Frau Mutter als Beweis dafür zu präsentieren, was für eine unvollkommene Hausfrau ich doch sei. Das war mir zu viel! Mit Louis und den Felligen verließ ich nach sieben Jahren den goldenen Käfig.

Heute, fünf Jahre nach der Scheidung, sind wir gute Freunde. Lars unterstützt uns finanziell, und wir teilen uns die Verantwortung für Louis und die Hunde. Wir sind sogar gemeinsam nach New York und Kroatien gereist, was bei einigen meiner lieben Bienenstaat-Freundinnen Unverständnis und Kopfschütteln auslöste. Für mich ist Lars immer noch ein ehrlicher Ratgeber und Zuhörer, guter Freund und Louis' Papa. Eine Konstellation ,die besser nicht sein kann.

Ich habe mich beruhigt. Es ist still in der Wohnung. Louis schläft den Schlaf des Betrunkenen, und ich drifte in das Zauberland.

Eine Wanne voll Frust

Ich genieße meinen Aldi Instant Feierabendkaffee und noch viel mehr die sturmfreie Bude. Außer dem lautstarken Schnarchen meiner felligen Lieblinge Bonny & Clyde herrscht Stille. Weder ertönen dumpfe Kanonenschläge eines Computerspiels aus dem Zimmer meines Hobby-Rambos Louis, noch stört sonst irgendetwas.

Ich chille auf meiner Couch und lege mir selbst die Karten für das neue Jahr, das morgen Nacht beginnt. Das tue ich dann und wann schon mal, für mich selbst und für andere. Wer mich kennt, weiß, ich bin spirituell unterwegs und ernte dafür ganz gern auch mal ein müdes Lächeln oder einen klaren Vogelzeig, was mich aber nicht irritiert oder von meinem Weg abbringen könnte. Meine Freundinnen, Bekannte und empfohlene Klienten schätzen und lieben sowohl die spirituellen Nachmittage, die ich ausrichte, als auch meine Lebensberatung, bei der diverse Karten und Runensteine meine Intuition unterstützen.

Obwohl meine Kartendeutungen von anderen Menschen als sehr treffend und hilfreich empfunden werden, versage ich bei mir selbst dafür leider immer wieder. Gerade, was die Kartenbefragung über Männerbekanntschaften angeht, muss ich in der Vergangenheit wohl eine rosarote Brille mit Panzerglas aufgehabt haben. Denn dieses Kapitel scheint in meinem Leben einem energetischen Störfeld zu unterliegen. Mit anderen Worten: Bislang griff ich in Bezug auf meine eigene Herzlinie ganz tief ins Klo. Aber meinen Erfahrungsschatz gebe ich trotzdem liebend gerne weiter.

Ich habe mir eine Badewanne eingelassen und freue mich auf ein Bad mit dem Duft von blühendem Jasmin. Gerade, als ich es mir so richtig gemütlich machen will, ereilt mich eine Whatsapp von Sunny. Ach, stimmt ja, ihr Date findet heute statt.

„Bitte wähle eines der folgenden Outfits aus. Ich kann mich nicht entscheiden." Es folgen neun Fotos! Sunny hat sich tatsächlich neun Mal umgezogen und jedes Mal ein Selfie gemacht. Ich scrolle und erachte das kleine Lederröckchen mit der Longstrickjacke, dem Top und den Stiefeln als Hammerauswahl. Per Sprachnachricht verleihe ich meinem Tipp noch das gewisse Feuer, und wir gehen nun telefonisch die Begrüßung durch. Mit verteilten Rollen, sie als der Mann, ich als Sunny, studiere ich mit ihr einen lässigen und zugleich hocherotischen Gesprächsbeginn ein. Sunny ist zufrieden und ich denke, sie ist nun reif für das Date mit Mister Unbekannt.

Sunny ist eine meiner Single Freundinnen, die nach frustigen Ehejahren mit ihren beiden Kids Stella und Vincent die Tür des Ehekäfigs hinter sich zugeworfen hat und jetzt ihr eigenes Ding macht. Frei nach dem Motto: Jetzt geht die Party richtig los, den alten Saftsack abgelegt und jetzt auf zu neuen Ufern!

Während ich in meinem Aroma-Bad endlich in Ruhe vor mich hin weiche, erhalte ich per Handy eine Flut Fotos zauberhaft exotischer Strandbilder aus Vietnam von meinem Mr. Big, alias Ben – meine zarte Versuchung oder auch der Mann, der vielleicht das Potential hat zu erkennen, dass ich die Perle unter den Perlen bin. Und er, der Tiefseetaucher, der das phänomenale Glück hat, diese besondere Perle entdeckt zu haben. Leider ist Bens Taucherbrille oft sehr angelaufen, und somit fehlt ihm die Klarheit für diese Erkenntnis. Denn so süß Ben auch ist, sein Feingefühl gleicht oft einem Amboss. So auch heute: „Schatz, die Zeit hier vergeht viel zu schnell." Will ich genau das jetzt lesen? Ich? Die Daheimgelassene!

Seit einem knappen Jahr sind Ben und ich ein Paar, lieben und streiten uns. Er, der penible Ordnungsfanatiker und ich die liebenswerte Chaotin. Ich die Planerin, die Erlebnishungrige und nie müde werdende Hummel und er, der Strukturierte, ausschließlich im Moment lebende Entspannungsbär und gern früh zu Bett gehende Jungfrau-Mann. Puhhhh – mit diesen krassen Gegensätzen leben zu lernen, erscheint mir wie eine Lebensaufgabe.

Bevor uns Bens Schwester erfolgreich verkuppelt hat, gab es das berühmt berüchtigte Leben eines jeden davor und damit auch zwei feststehende unterschiedliche Urlaubsplanungen, die besonders mir zu schaffen machen. Ben hat sehr gut verkraftet, dass ich die Reisen nach New York und Kroatien wie geplant mit meinem Ex-Ehemann Lars antrat. Völlig tiefenentspannt und im Ruhemodus überlebte er meine Abwesenheit im gemütlichen Trott und wünschte mir dabei noch alle Freude dieser Welt.

Nun war Ben dran. Ausgerechnet über Weihnachten und Silvester war er mit seinem besten Freund Charly , einem liebenswerten hyperaktiven Nikotinstengel mit stetigem schnäpseligen Verlangen, einem von Frauen enttäuschten Single, auf großem Asia Trip. Zwei Männer in der Midlife-Crisis auf Tour, und mein Kopfkino steht einfach nicht still.

Während ich seit Tagen leide und mich frage, wie ich diese Zeit überstehen soll, liegt mein Schatz in der Hängematte und schaut den mandeläugigen Asia-Beauties auf den Pöter. Eifersüchtig scrolle ich jedes Foto groß, um meine detektivische Recherche über Bens momentanes Umfeld zu vervollständigen.

Ben und Charly, Männer im besten Alter, braun gebrannt, attraktiv mit ihren Sonnenbrillen und scharfen Shorts, noch dazu aus Deutschland - bei welcher Frau geht da die Lampe nicht an? Während ich meiner blühenden Fantasie nachgehe, ploppen immer wieder virtuelle Küsschen und Herzchen auf meinem Handy-Display auf. Die Herren sind offenbar bester Laune, und ich soll das auch noch toll finden. Davon bin ich weit entfernt – ich leide wie ein Hund.

Nun kommt ein Foto von einem genialen Pool, um den ringsherum Pärchen liegen. Und wo liege ich? In meinem ockerfarben gefliesten siebziger Jahre Altbaubad ohne Fenster. Yippie! Da kommt wirklich Freude auf. „Ihr könnt mich mal!", denke ich neidisch und antworte nicht. Ben, kein Mann von überschwänglicher Romantik, versucht mich mit Fakten zu trösten und schreibt: „In einer

Woche bin ich ja zurück." In einer Woche! Für mich bedeutet das weitere sieben Tage ohne ihn.

Das Badewasser ist kalt geworden, meine Laune ist auf den Gefrierpunkt gesunken, ich zieh den Stöpsel und verkrieche mich allein ins Bett.

Topmodel

Es ist Sonntagvormittag. Marie Sandermann putzt. Es passiert nicht oft, aber dann und wann gibt es einen Schlag, und ich entdecke in mir eine zarte Flamme hausfraulichen Eifers. Diese Flamme brennt nicht sehr hell, aber lodert sie tatsächlich einmal, sollte ich sie nutzen.

Ben ist unterwegs ins verträumte Bingerbrück um die zauberhafte Pflanzenwelt in seiner Junggesellenwohnung zu gießen. Ich verfüge ausschließlich über Kunstpflanzen, da ich das Gießen grundsätzlich vergesse. Dafür habe ich sehr viel Dekoration drapiert, und die gilt es ja irgendwann auch mal zu entstauben. Nebenbei läuft im Fernsehen eine sonntägliche Liveshow für die ganze Familie. Diese Show weckt äußerst unangenehme Erinnerungen in mir. Oh Gott, wenn ich daran zurückdenke...

Das Gelände des Showgartens ist von unserem Wohnort schnell zu erreichen und war in früheren Jahren immer mal wieder ein nettes Ziel für einen Sonntagsausflug mit der ganzen Familie. Man darf sich dort frei bewegen, und so beobachtete ich eines Sonntags, wie Kandidaten in der sogenannten „Mode Box" schmink- und modetechnisch gestylt wurden, so quasi vom hässlichen Muttilein zur Diva der Nation.

Da ich es liebe, mich zu verkleiden, und für Veränderungen stets offen, um nicht zu sagen, sehr neugierig bin, fragte ich, ob ich mich als Kandidatin für die Sendung bewerben könne.

Die Maskenbildnerin musterte mich kopfschüttelnd und sagte, die Zuschauer müssten einen klaren Vorher-Nachher-Effekt wahrnehmen können, und dafür sei ich schon jetzt zu perfekt zurechtgemacht. Wolle ich als Kandidatin mitwirken, müsse ich über Monate darauf verzichten, meine Haare zu färben und müsse ungeschminkt in den ältesten Lumpen zur Sendung erscheinen.

Nun denn, warum nicht, dachte ich mir. Zwar bekäme ich nicht von dem Starfriseur Udo Walz eine neue Frisur, auch wäre nicht Boris Entrupp mein Makeup-Stylist, und Heidi Klum würde nicht meine Garderobe ordern. Aber immerhin versprachen echte Profis eine Verwandlung vom hässlichen Entlein zum stolzen Schwan. Vielleicht ginge ja noch was!

So meldete ich mich verbindlich an und der Termin, drei Monate später, stand fest. Natürlich war mein kompletter Bienenstaat informiert. Alle würden vor dem Fernseher sitzen und gespannt meinen großartigen Auftritt miterleben.

Das große Event stand vor der Tür, und ich sollte mich bereits am Samstag zur Anprobe und zur Generalprobe einfinden. Voller Hoffnung kam ich an, im Kopf bereits meinen grandiosen Auftritt und den tosenden Applaus des Publikums über meinen optischen Quantensprung.

Einen ersten Nackenhieb bekam ich, als ich die drei Outfits sah, die ich zur Anprobe vorgesetzt bekam — eines hässlicher als das andere! Ich merkte sehr schnell, dass Widerworte hier gar nichts brachten, denn zu meinem Entsetzen gab es nur diese drei Outfits! Die Kostümbildnerin, eine unsympathische kühle Person mit bronzefarben gegerbtem, faltigem Gesicht, einer auffälligen Brille, feuerroten Lippen sowie einem straff nach hinten gebundenen schwarzen Knoten, bestimmte über mein modisches Schicksal: Weinrote Westernstiefel von Gabor, ein sackförmiger Schottenrock aus juteähnlichem Material und darüber ein Poncho, der mich an eine Pferdedecke erinnerte. Autsch! Wie sollte ich das mit Würde und Ausstrahlung präsentieren?

Ich hatte keine Wahl, ich musste mich fügen, denn für den Fall, dass ich es wagen sollte, krank zu werden, war bereits vertraglich fixiert, dass ich zur Kasse gebeten würde. Meine Vorfreude sank ins Minus. Doch noch hoffte ich auf eine Wahnsinnsfrisur und ein phänomenales Make-Up am nächsten Tag.

Ich schlief abends mit Johanniskrauttropfen ein und versuchte mich am frühen Sonntagmorgen positiv zu pushen, einen TV-Auftritt hat schließlich auch nicht jede.

Verhärmt, ungeschminkt, langweilig – so sollten wir uns darstellen. Und so fühlte ich mich dann auch in meinem längst ausrangierten grauen Rippstrickpulli und der ollen blöden Jeans, in der ich null Figur hatte. Natürlich verstand ich es schon immer, mich zweihundertprozentig zu stylen, aber das Drehbuch verlangte es anders.

Mein erster Auftritt ließ nicht lange auf sich warten, denn das Beauty-Team brauchte bei drei Kandidaten die komplette Sendezeit zum Stylen. Also wurden wir gleich zu Beginn der Show dem Publikum vorgestellt. Susanne S., alias Susan, moderierte uns an. Anschließend ging es ab in die Mode Box, wo die Beauty-Experten geschäftig an uns herumexperimentierten.

Ich wünschte mir die Frisur von Meg Ryan: einen süßen blonden Kurzhaarwuschelkopf. Der Frisör machte ein Bohei, dass ich glaubte, er hätte echt Ahnung. Am Anfang war ich noch im Vertrauen, sogar als die ersten langen Büschel meiner geliebten Haare auf den Boden fielen. Ich bekam verschiedenfarbige Strähnen, und zwischendrin kam das Drehteam vorbei, um uns einzublenden.

Fröhlich winkte ich in die Kamera und sagte, ich sei guter Dinge und megaaufgeregt. Auch die anderen Kandidaten wurden interviewt. Siggi mutierte zu Scooter mit platinblond gefärbten Haaren, eine Farbe, die ihm meiner Meinung nach ganz und gar nicht stand. Die sommersprossige Barbara wurde zum Leuchtfeuermelder für ganz Mainz und Umgebung. Den Knaller brachte im Anschluss das Make-Up Artist-Team, das mir auf die Nasenwurzel einen goldenen Punkt malte - angeblich der modische Pfiff - einen ziegelroten Lippenstift auftrug und mein komplettes Gesicht mit einem bronzefarbenen Glanzpuder entstellte - ganz und gar nicht meine Farbpalette! Schöner Scheiß!

Und dann noch die blöden Klamotten! Ich mache mich zum Gespött der Nation, dachte ich bei mir. Statt mich zu bewundern, werden mich alle belächeln und bedauern. Rein in die Klamotten und ab ging's.

Wir standen hinter der Bühne, wo Onkel Jürgen live sang, gefolgt von Riesenapplaus für seinen Ohrwurm „Ein Bett im Kornfeld". Wie durch Watte hörte ich, wie Susan uns nun lautstark ankündigte: „Und jetzt die großen Fashion-Ikonen unserer heutigen Show!" Meine Knie zitterten, ich fühlte mich elend und wie ein Vollhorst. In lässigen Posen sollten wir uns präsentieren und dabei ein verheißungsvolles Siegerlächeln aufsetzen. Dabei fühlte ich mich gleich dreifach verunstaltet, fand sowohl die Kleidung als auch die Frisur und das Make-Up grauenhaft. In meinem ganzen Leben habe ich mich nicht so geschämt.

Susan erfand für jeden von uns Superlative, und ich dachte, noch nie hat mir jemand so link ins Gesicht gelogen. Am liebsten wäre ich im Erdboden versunken. Überhaupt empfand ich Susan nur vor der Kamera als überaus herzerfrischend, hinter der Kamera war sie total hysterisch und launisch.

Als wir selber unsere Begeisterung über unser neues Styling ins hingehaltene Mikrofon säuseln sollten, brachte ich nur geistigen Dünnpfiff heraus. Bis heute weiß ich nicht, was ich da gestammelt habe. Kaum von der Bühne flüchtete ich heulend in mein Corsachen und raste tränenüberströmt nach Hause, wo meine Mama lieb versuchte, mich zu trösten.

„Kein Schwein ruft mich an!" Ja genau dieses Lied hätte ich auch trällern können, wenn mir zum Singen der Humor gereicht hätte. Alle meine Bienenstaat-Freundinnen hielten sich dezent zurück, denn wer mich kennt und diesen peinlichen Auftritt erlebt hatte, wusste, dass meine seelische Schmerzgrenze erreicht war. Nur Finny, meine langjährige Herzensfreundin aus dem schönen Frankenland, klingelte durch und fragte mitfühlend: „Hey, mein Topmodel, wie geht es dir denn?" Ich konnte gar nicht reden, schluchzte nur und musste mir erst einmal diese Maskerade vom Gesicht und von der Seele spülen.

Gleich am nächsten Tag besorgte ich mir einen Frisörtermin und ließ meine Haare komplett umfärben. Jetzt sah ich nicht länger aus wie eine spießige Rentnerin, sondern wie eine rassige Black Beauty! Anschließend brachte ich die geschmacklosen Klamotten in einen Mainzer Edel-Second-Hand Laden. Witzigerweise stieß ich dort auf einen Fan der sonntäglichen Show, die Chefin des Ladens. Sie hatte die Sendung gestern im TV verfolgt und fand das Outfit so toll, dass sie es direkt für sich selbst kaufte, statt es nur auf Kommission zu nehmen. Ich kassierte dafür dreihundert DM - meine schönste Entschädigung für all die Peinlichkeiten.

Die Mitleidsbekundungen meines Bienenstaates trudelten dann so peu á peu ein. Inzwischen war ich längst wieder beflügelt, sowohl von den dreihundert Mark als auch von meinem neuen Italo Look mit blauschwarz gefärbten Haaren und frechem Kurzhaarschnitt. So hatte ich über Umwege mein Ziel doch noch erreicht: eine totale Typveränderung, die mir viele neue Erfahrungen schenken sollte. Denn auf einmal war ich nicht mehr das kleine Blondchen! ...

Plunder, Ramsch und heiße Höschen

Es ist vier Uhr morgens. Im vollgestopften Auto bin ich unterwegs, denn heute ist Flohmarkttag. Da ich in chronischem Geldmangel lebe, kommen mir derartige Markttage außerordentlich recht. Alex wird später dazu stoßen und mich mit einer Thermoskanne Käffchen und leckerem Gebäck verwöhnen.

Ich kaufe gern und ebenso leicht trenne ich mich auch wieder. Manchmal, so wie letzten Freitag, spaziere ich durch meine Wohnung und schaue mich um, was ich denn wieder verjubeln könnte. Mein Blick zur Decke zeigte mir, dass meine aktuellen Lampen nicht mehr up to date sind. Denn man muss wissen, so gern wie ich kaufe und verkaufe, räume ich auch um. Und so kann es sein, dass ich mein Zuhause im Januar noch ganz im Prinzess´chenlook in pink und rosa gestalte, aber im Herbst mein afrikanisches Herz in mir schlägt und die Naturtöne volle Präsenz erleben. Demnach ist alles ziemlich vergänglich, und der stetige Wandel ist ein fester Bestandteil von mir.

Leider kann Ben meine zielstrebige Verkaufswut nicht ganz nachvollziehen und wundert sich, warum er Lampen abschrauben soll, obwohl es noch gar keine neuen gibt. Alles was ich verkaufen will, stelle ich zeitgleich in mehrere Internetportale und nehme es mit zum

Flohmarkt. Ich liebe die Flohmarkt Community. Es ist mir ein Vergnügen, in aller Herrgottsfrühe auf dem großen Parkplatz einzurollen und meinen Tapeziertisch aufzubauen. Das heißt, eigentlich kann ich das gar nicht selbst. Ich kitzle nahestehende Händler mit der „Och, ich bin so blond Masche" in ihrer Männlichkeit, und einem jeden ist es ein Bedürfnis, selbst bei eisiger morgendlicher Kälte das olle Ding für mich aufzubauen.

Männer beweisen sich eben gern und zeigen, was in ihnen steckt. Der Vorteil ist der, dass mein Stand vollends aufgebaut ist, während andere noch an ihrem herumwerkeln. An meinem Stand spielen sich oft regelrechte Hühnerkämpfe ab. Frauen rempeln sich an, reißen sich gegenseitig Dinge aus den Händen, die sie unbedingt von mir haben wollen und sind so biestig zueinander, dass ich dann als Schlichterin Einsatz finden muss. Frecherweise glauben manche, ich wäre mit einem Euro zufrieden zu stellen. Never ever!

Wieder einmal läuft der Markt für mich heute sensationell, als Alex fröhlich flötend auf mich zugesteuert kommt. Sie ist wie eine Mutter, ich liebe ihre fürsorgliche Ader, es gibt Kreppel und heißen Kaffee. Doch bevor ich meinen Koffeinpegel hochpusche, muss ich erst einmal in das dreckige kleine Toi-Häuschen verschwinden. Zum Glück kann ich jetzt mal weg vom Stand, Alex hält die Stellung. Im Sauseschritt eile ich Richtung Pipibox, vorbei an dem langhaarigen Blumenhändler, einem Mitfünfziger mit sonnengegerbtem solariumbraunen Indianergesicht, der mit lüsternem Lächeln auf den Lippen schon ewig versucht, mir ein Gespräch aufzudrücken.

Schnell husche ich in die eklige kleine Klohütte und verrichte halb im Stehen mein Minigeschäft. Fluchtartig, aber erleichtert, breche ich aus dem dreckigen Container aus, um schnell wieder an den Stand zu kommen, wo meine Alex mich erwartet und hoffentlich schon wieder das ein oder andere umsetzen konnte.

Doch falsch gedacht! Der Blumentyp versperrt mir den Weg. „ Hallo Mäuschen", sagt er anzüglich. Ich wollte dich mal fragen, ob ich dir deine getragenen Slips und BHs abkaufen kann." Ich bin perplex, und das bin ich selten, glaube mich verhört zu haben und antworte frostig, dass Wäsche nicht zu meinem Repertoire gehöre. Er grinst süffisant und gibt mir zu meinem Entsetzen noch einen Klaps auf den Po. Ich verbitte mir dieses Verhalten und nehme fluchend Kurs auf meinen Stand.

Alex hört mit aufgerissenen Augen zu, als ich ihr erzähle, was mir gerade passiert ist. „Ich glaub's ja nicht", giggelt sie. „Mein Liebes," sage ich, „geh du doch mal zu ihm an den Stand und frage ihn, ob er sich auch für getragene Herrenunterhosen interessiere." Alex findet meine Idee leider nicht so witzig und zeigt mir einen Vogel.

Gemeinsam genießen wir die schöne Sonne und verscherbeln meine Ware mit lautem Geschrei : „Feierabendpreise" wie zwei alte Fischmarktweiber. Bonny & Clyde liegen, an der Radfelge angeleint, gemütlich eingekuschelt in einem offenen Koffer und lassen den Flohmarkttrubel entspannt über sich ergehen. Sie sind ohnehin die Lieblinge der Kundschaft, und mein Stand erfährt allein durch sie einen besonderen Wiedererkennungswert: „Da ist ja wieder die mit ihren Möpsen".........

Bora Bora auf mopsig

Auf meiner Kuschelwiese stapeln sich Urlaubskataloge von Asien. Ich schmökere hier und da und lasse mich von dieser zauberhaften fremden Welt faszinieren, während draußen den fünften Tag Regentropfen gegen mein Fenster trommeln, dass ich gar nicht anders kann, als mich in die Ferne zu beamen.

Das Reisen gab meinem durchgeknallten Leben oft schon die Würze. Reisen bedeutet für mich Befreiung pur! Nicht ohne Grund wurde ich von meinem Vater verständnislos als Nomadin beschimpft, die sich als schwarzer Punkt durch die mongolische Wüste bewegt. Im Unterschied zu meiner Familie verspüre ich eine stetige Abenteuerlust und habe so im Laufe der Zeit die unglaublichsten Dinge erlebt, oft auch unfreiwillig – aber alles andere würde ja auch gar nicht zu mir passen. Sei es mit dem PKW, dem Flieger oder dem Schiff, ich, Marie Sandermann, komme selten normal ans Ziel, und meine Begleitpersonen lassen dabei grundsätzlich ihre allerletzten Nerven.

Alex' Kampf um ihre Ehe hat sich gelohnt, und sie wird in diesem Jahr mit ihrem Schatz Nils und den Küken nach Shanghai reisen. Noch vor der Reise werden wir uns als Zeichen unserer verschworenen Freundschaft ein Tattoo in Gestalt einer Feder, eines Schmetterlings und eines Engelsflügels stechen lassen - ein echtes Freundinnenritual. Nach akribischer Internetrecherche haben wir diesen spirituellen Augenschmaus kreiert, der uns unser ganzes verrücktes Leben lang miteinander verbinden soll.

Entspannt lümmle ich mich auf meiner Kuschelcouch. Da ich die letzten Tage mit einer völlig undefinierbaren Virusgrippe nicht nur körperlich, sondern auch verbal aus dem Verkehr gezogen wurde, ist der Laptop jetzt mein bester Freund. Ich scrolle mich durch die Shpock Plattform, ein Secondhand Internetportal, auf dem man erstens perfekt verkaufen - und zweitens sensationelle Dinge erstehen kann. Gedanklich schon auf einem Elefantenrücken durch Balis Urwald reitend, switche ich durch geniale Jumpsuits. Ich will eine filmreife Jane abgeben, und da passt doch nichts besser als dieser heiße kleine Einteiler hier im Camouflage Stil. Klick und meiner. Yes, so läuft das. Immerhin bin ich in den letzten Tagen auch erfolgreich viele verstaubte Schrankhüter losgeworden. Also schlechtes Gewissen aus, Vorfreude an!

Mein Laptop bekommt eine kleine Pause, und ich widme mich wieder meinen Reisekatalogen. Während ich mich nach Bali träume, werde ich von Clydes merkwürdigem Atmen unterbrochen. Der Mops sitzt auf meinem Massagesessel, und was ich sehe, glaube ich nicht. Pfui Teufel! Entzückt juckelt Clyde sich in seiner Hundewelt in Wallung, schon läuft sein kleiner Pinsel wie ein Spring-brunnen über und ergießt sich voll auf meinem Massagestuhl. Mit geschlossenen Augen sitzt Clyde da und schnauft genüsslich vor sich hin. Das schlägt dem Fass den Boden aus! Unromantisch klatsche ich ihn aus seiner Bora Bora-Stimmung und vertreibe ihn augenblicklich vom Wellness-schemel. Ekelhaft! Mit einer sofortigen Reinigungsaktion bringe ich meinen Lieblingsplatz wieder auf Hochglanz und zische Clyde ein bissiges „Du kleiner geiler Wichser!" entgegen. Obwohl das natürlich totaler Quatsch ist, denn der Mops lebt seine Sexualität eben einfach nur frei und offen aus, was ja viele Männer gar nicht können, wie das Leben mir gezeigt hat.

Unsanft aus meinen eigenen Träumen gerissen, schwinge ich mich unter die Dusche, verwöhne meine Haut mit Kokosöl und beame mich im Geiste auf eine balinesische Massagebank …

Schaumparty

Feierabend! Ich ziehe mir meinen rosafarbenen plüschigen Jumpsuit an, eine Interneterrungenschaft, die nun nicht gerade erotisch ausschaut, aber eins fix drei einen Ganzkörperhasen mit Öhrchen aus mir macht. Zugegebenermaßen pfeife ich privat auf jeglichen Stil und stelle kuschelige Bequemlichkeit ganz oben an. Es ist für mich auch kein Problem, damit den Weg durchs Treppenhaus zu nehmen, um den Hausmüll zu entsorgen. Völlig schockiert musterte mich dort neulich unser Nachbar, der junge Herr Pfänner. Egal!

Ich verspüre noch etwas Appetit und mixe mir in Gedanken einen leckeren grünen Smoothie. Noch schnell die Haare föhnen und dann ab in die Küche. Kochen ist ja nicht meins – also mixe ich mir einen Cocktail aus besten Zutaten. Mir persönlich schmeckt er selbst dann gut, wenn er schmeckt wie wiedergekäutes Gras. Außerdem tue ich damit gleichzeitig etwas für meine Schönheit. Die Promis trinken ihn schließlich auch, der Botox-Wahn ist auf dem Vormarsch, Einbildung ist auch eine Bildung, mit jedem Schluck werden sich meine Falten mehr glätten ...

Doch was sehe ich, als ich die Küchentür öffne?! Der Anblick verschlägt selbst mir die Sprache! Die ganze Küche ist voller Schaum. Aus meinem nagelneuen Geschirrspüler quillt ein Ausmaß an Schaum, das man sich nicht vorstellen will. Ich fühle mich, ohne zu übertreiben, wie auf einer Schaumparty im Kreuznacher „Space Park". Doch im Gegensatz zur

Disco bin ich hier die einzige Dolle, die durch meterhohe Schaumflocken tastet, um an den Geschirrspüler zu gelangen. Dieser piepst im Dauerton und spuckt und spuckt und spuckt. Ich reiße die Spülmaschinentür auf und heißer Dampf haucht mir entgegen. Was ich sehe, glaube ich nicht. Das darf nicht wahr sein! Ich sehe eine einzige Pfanne! Heute morgen noch hatte Louis das saubere Geschirr komplett ausgeräumt, und jetzt hatte er die Maschine wegen einer einzigen Pfanne eingeschaltet?!

Ein Ausschalten lässt der Automat gar nicht erst zu. Ich stapfe durch die schmierige Küche und rufe meinen Junior an. „Herkommen! Sofort! Ohne Widerrede! Jetzt!" Das sind meine einzigen Worte, ich koche vor Wut, ja, ich platze, raste aus! Wenige Minuten später steht Louis kleinlaut auf der Türschwelle und erklärt, er habe sich ein Spiegelei gebraten, und da er unsere einzige Pfanne nicht von Hand spülen wollte, habe er sie in die Spülmaschine gestellt und diese eingeschaltet. In diesem Moment lugt Sophie um die Ecke und ergänzt, Louis habe die Reinigungstabs nicht gefunden und stattdessen Spüli hinein gekippt.

Das war es also! Spüli knockt jeden Geschirrspüler aus. Und das bei meinem neuen Gerät. Kurz vorm Hyperventilieren herrsche ich meinen Filius kreischend an. Da bei ihm ein eigener Denkprozess am ehesten über Drohungen einsetzt, kombiniere ich blitzschnell und verspreche ihm, dass er der Rechnungstragende sein wird, falls hier ein Kundendienstmitarbeiter anrücken muss.

Wenn auch sonst jegliche Anweisungen von mir extrem zeitverzögert abgearbeitet werden, beginnt bei meinem Kind jetzt der Denkapparat richtig zu blubbern. „Das wird teuer", zische ich ihm biestig entgegen. Sophie schaut mich ängstlich an. Sie hat mich ja schon oft biestig erlebt, aber heute ist der Eichstrich erreicht. Ich glaube, sie hat Angst vor mir, so eine grauenhafte Aura umgibt mich.

Wenn es an die Kohle von meinem im sparsamen Sternzeichen Jungfrau geborenen Sohn geht, hört für ihn der Spaß auf. Er fürchtet den Verlust seines Ersparten, und der wäre für meinen kleinen Raffzahn fatal, spart er doch auf seinen Erstwagen, einen BMW. Ich kenne die Zukunftsvisionen meines Herrn Sohnes: Erst der BMW, dann das hochgekrempelte weiße Hemd mit der goldenen Uhr am Handgelenk und dann mit einem ordentlichen Drift quer auf dem Schulhof geparkt, um Baby Sophie abzuholen.

Jetzt sollte er besser scharf nachdenken, wie er meinen besten Küchenhelfer wieder zum Leben erweckt. Gemeinsam quälen wir uns durch die Schaumberge und saugen diese mit allen nur vorrätigen Handtüchern auf. Meine schöne Frisur fällt in der feuchten Küchenluft wieder in sich zusammen. Warum nur hatte ich mich eigentlich geföhnt?

Nun bedient sich mein kleiner Schlaukopf Louis eines YouTube-Videos und lässt sich von einem User die Reparatur erklären. Es gibt also, ich glaube es nicht, für jeden Blödsinn eine Erklärung im Netz.

Nach vierstündiger Krabbelei auf dem Fuß-
boden mit Handylicht als Beleuchtung funktioniert
mein bestes Stück wieder, und der Spuk ist vorbei.
Louis bleiben die Reparaturkosten erspart, und ich
gehe müde und ohne Smoothie ein zweites Mal
duschen.

Der Masturbator

Badeschlappen, Bademantel, Handtücher, Knabberzeug, Getränke, Duschbad – die Tasche ist gepackt. Heute ist für Schatz und mich Wellness angesagt.

Wellness heißt bei uns saunieren. Wobei wir davon zwei verschiedene Vorstellungen haben: Ich liebe den Saunamarathon mit möglichst heißen Saunagängen und Ben bevorzugt eine Mischung aus achtzig Prozent Schlaf und zwanzig Prozent Feuchtsaunen. Während ich, typisch Marie Sandermann, rastlos von Sauna zu Sauna ziehe um möglichst viele Erlebnisaufgüsse zu genießen, liegt Ben auf der Liege, schafft es höchstens, kurze Absätze in der Auto Bild zu lesen, und nickt dann schnarchend ein. Als sehr eigenständiges Wesen stört mich seine Verpenntheit wenig. Begeistert switche ich zwischen der Meditationssauna und einem temperamentvollen heißen Fächeraufguss hin und her.

Ich sitze grundsätzlich mit offenen Augen da, denn es gibt immer viel zu beobachten, und genieße dieses Ambiente in vollen Zügen. Viele Saunabesucher hingegen dösen nur vor sich hin und scheinen lediglich die Aromen und Hitzegrade wahrzunehmen. So auch bei diesem Saunagang, den ich ohne Ben durchschwitze.

Die Kräutersauna ist recht hell und wegen ihrer intensiven Kräuteressenzen sehr beliebt. Ich sitze zwischen ganz unterschiedlichen Menschen, als sich die Tür der Sauna erneut öffnet.

Ein Mitdreißiger kommt herein und sucht sich einen freien Platz mir gegenüber. Langsam perlen erste Schweißperlen aus meinen Poren – einfach herrlich! Ich lehne mich zurück, verschränke meine Beine und bin völlig entspannt - bis zu diesem Augenblick.

Ich traue meinen Augen nicht, als der zugegebenermaßen attraktive Typ permanent an seinem besten Stück reibt. Auf und ab, ab und auf. Ich wende meine Augen ab, lasse sie weiter wandern, versuche sie bei der kräftigen Rentnerin zu lassen, doch da streifen die Blicke dieses Typen mich erneut. Ich kann nicht anders, ich muss zu ihm schauen und sehe, was ich gar nicht sehen will: Er masturbiert, bis... , ich will mal sagen, die Badehandtücher an seinem besten Stück aufgehängt werden könnten. Unaufhörlich glotzt er mich dabei an und schwupp, springt er plötzlich mit hochrotem Kopf aus der Sauna.

Verflixte Axt! Hat das denn keiner außer mir bemerkt? So ein Schwein! Ich fasse es nicht. Ich schaue mich um, doch die anderen Saunabesucher schwitzen weiter unbeeindruckt vor sich hin. Menschenskinder, habe ich mir das Ganze etwa nur eingebildet? Weil ich selbst chronisch unterbeschlafen bin?

Ich verlasse die Sauna, um Ben von meinem ekelhaften Erlebnis zu berichten. Noch recht verpennt, mir viel zu gelassen, hört er sich meine Story an. Eigentlich könnte er doch jetzt vor Eifersucht ausrasten! Doch Ben bittet mich nur, ihm diesen Mann zu zeigen, aber wie durch Geisterhand ist er verschwunden.

Der nächste Saunagang gehört uns beiden. Ich sitze separat von Ben, und wir genießen unsere Zweisamkeit in der Brechelbad-Sauna, als sich die Tür öffnet. Ich traue meinen Augen nicht, da ist er wieder, der Unbekannte! Wie gern würde ich Ben jetzt auf ihn aufmerksam machen, aber Ben sitzt viel zu weit entfernt, um es ihm zuzuflüstern. In Gedanken male ich mir Bens Reaktion aus, würde ich laut sagen: „Schau mal Schatzi, da ist der Masturbator aus der Kräutersauna." Es ist halbdunkel in der Sauna, das Schummerlicht lässt nur Konturen erkennen. In der Mitte der Sauna steht ein Ofen, der Ben die Sicht nimmt, aber nicht dem Masturbator. Mit starrem Blick auf mich wichst er in aller Stille, bis er kurz vor dem Platzen mit seinem riesigen Kanonenrohr blitzartig die Sauna verlässt.

Ich bin doch eine dumme Nuss! Wie gelähmt habe ich dagesessen und keinen Piepser herausbekommen. Nun sprudeln die Worte aus mir heraus, und es ist nicht zu fassen, Ben hat wieder nichts gemerkt, denn er gehört zur Gattung der introvertierten „Nach-unten-Gucker". Trotzdem weiß Ben jetzt wenigstens, wie der olle Wichser aussieht. Insgeheim fühle ich mich bei aller Empörung prächtig geschmeichelt.

Wir gehen direkt zum Personal und schildern die Sachlage. Ich fühle mich wie eine Tatortkommissarin und gehe sofort mit dem Saunapersonal auf Spurensuche. Wir durchforsten jede Sauna, aber dumm gelaufen, die Option auf einen Rausschmiss schwindet mehr und mehr. Der dreiste Typ ist wie vom Erdboden verschluckt.

Was lerne ich daraus? Es gibt nichts, was es nicht gibt. Sogar das fast Unmögliche begegnet mir und schaut mir dabei noch frech ins Gesicht. Beim männlichen Geschlecht gibt es ein so breites Spektrum an sexuellen Vorlieben, dass ich unbedingt einen entsprechenden Themenabend mit dem Bienenstaat abhalten möchte. Wie schätzen wir Männer wie diesen ein? Und wie gehen wir mit ihnen um?

Gleich werde ich mit Alex telefonieren, um mit ihr das Erlebte auszuwerten, und dann berufe ich möglichst schnell meinen lieben Bienenstaat ein.

Lilith und Maleika

Ich stehe im Stau. An diesem sonnigen Freitagmorgen schlängelt sich auf meinem Weg zu Alex eine endlose Blechlawine. Stop and Go! Lauthals jodle ich mit zu den Hits der 90er: „What is love?". Im Rückspiegel beobachte ich den Fahrer hinter mir. Ein süßer Typ, Ende dreißig, Anfang vierzig, dunkle Haare, toller Mund – ein echtes Leckerli an diesem verkehrsverstopften Morgen.

Ach ne, ich stehe schon wieder. Mein Blick schweift in den Spiegel zu „Mister Sweety". Ich traue meinen Augen nicht. Der Typ ist dabei, seine Stirnhöhle zu durchstoßen! Völlig ungeniert bohrt er mit seinem Zeigefinger intensiv in der Nase und begutachtet jeden seiner Popel. Ich fasse es nicht. Meine Faszination verwandelt sich augenblicklich in Ekel. Was soll's? Ich freue mich auf mein Date mit Alex und hoffe, der Verkehr rollt bald wieder.

Alex und ich versuchen uns momentan im Realisieren verrückter Ideen. Bestimmte Dinge sollte frau in ihrem Leben gerockt haben, finden wir, und so steht derzeit das Projekt „Körperkunst" auf unserer Agenda. Das heißt: Wir wollen uns ein gemeinsames Tattoo stechen lassen. Seit Wochen schon suchen wir im Internet nach Symbolen, mit denen wir sowohl unsere Einzigartigkeit als auch unsere innige Freundschaft ausdrücken können.

Tätowierer Arno ist der Auserkorene, der unsere Ideen umsetzen soll. Arno ist ein Nordlicht, ein Mann der wenigen Worte, doch äußerst kreativ, wie Alex aus Erfahrung weiß. Heute wollen wir mit ihm unsere Tattoos vorbesprechen. Gegen Mittag sitzen wir vor dem liebenswerten, aber wirklich stillen Arno. Dieser Mann, von dem wir uns ein gemeinsames Brainstorming und Inspiration erwartet haben, fertigt uns in zwei Minuten ab. Ich zeige ihm Fotos aus dem Internet von Tattoos, die mir gefallen, doch er schüttelt nur den Kopf und sagt kurz und knapp: „Ich kopiere niemals ein Tattoo, das ist mein Ehrenkodex." Er verspricht uns aber, sich Gedanken zu machen.

Enttäuscht fahren wir zur nächsten Eisdiele und ärgern uns über diese männliche Nüchternheit. Keine Begeisterung, keine großartigen Vorschläge, nur ein Versprechen. Dafür schmeckt der Erdbeerbecher jetzt umso besser. Dabei philosophieren wir darüber, welche Kraft wir in uns durch ein Tattoo stärken wollen, das uns schließlich ein Leben lang begleiten wird.

Alex weiß, was sie will, aber ich quäle mich und die arme Alex bis zum letzten Augenblick mit meiner Unentschlossenheit - die Schwingung muss schließlich stimmen! Letztlich einigen wir uns auf eine Feder. Eine Feder symbolisiert für uns Leichtigkeit und Freiheit – das wünschen wir uns beide. Alex wählt für sich das afrikanische Wort für Engel „Malaika" und ich einen Engelsflügel, denn Engel sind für uns ein festes Element unseres Lebens. Außerdem entscheide ich mich für den Schriftzug „Lilith". Laut der jüdischen Mythologie war Lilith die erste Frau Adams. Sie gilt als intuitiv, weise, frei und unbezähmbar. Und so sehe ich mich auch!

An diesem schönen Maimorgen ist es endlich soweit. Wie bei einem Countdown haben wir die Stunden bis dahin gezählt und sind furchtbar aufgeregt. Arno begrüßt uns mit einem heiteren „Hallöchen", und schon sitzt Alex auf dem Stuhl. Nach diversen Vorbereitungen beginnt Arno mit seiner akribischen Arbeit, während ich Alex die Hand halte – nicht ahnend, was mich erwarten wird. Für Alex ist es bereits Tattoo Nummer Zwei, und sie schlägt sich tapfer. Außer kurzzeitiger Schnappatmung zeigt sie keinerlei Schmerz. „Das werde ich ja locker wegstecken", sage ich zu den beiden und glaube in dem Moment sogar an das, was ich vor mich hin blubbere.

Zuversichtlich nehme ich auf dem heißen Stuhl Platz. Was ich nun erleben sollte, hatte ich mir so schmerzhaft nicht vorgestellt. Puh - ich liege auf dem Stuhl und bin froh, dass Alex mitfühlend meine Hand hält. Das Ganze erinnert mich an einen Geburtsprozess. Vielleicht sollte ich es mit Hechelatmung probieren? Aber Pustekuchen! Arno verbietet es kurzerhand, weil ich dadurch wackeln würde. Oh je, wie soll ich das aushalten? Bin ich echt so zimperlich? Schweiß rinnt mir aus allen Poren, ich beiße mir auf die Lippen, leide. „Bin ich ein Waschlappen"? frage ich mich.

„Jaaaaaaaa, Mausi, der Kopf ist schon zu sehen, das Baby wird wunderschön", feuert Alex mich an. Letztlich ist es rum! Beide sind wir von unseren Tattoos begeistert und loben Arno als genialen

Stecher. Arno freut sich und ist froh, als wir verrückten Hühner nach knapp drei Stunden die Biege machen.

Wie bei unserem ersten Besuch steuern wir die Eisdiele an. Wir haben unseren Traum wahr gemacht - und überlebt. Nun belohnen wir uns mit Spaghetti Eis und Bananensplit.

Mädchenspielzeug

Gemütlich auf meiner XXL-Couch einge-
kuschelt, schaue ich den Matthias Schweighöfer
Film „Friendship". Vor mir auf einem kleinen
Holztisch habe ich eine Schokoladenauslese der
Extraklasse aufgestapelt. Ich liebe es zu naschen!
Mal abgesehen von einem kleinen Gourmet-
bäuchlein habe ich ein recht ausgesöhntes
Verhältnis zu meinem Körper, die Gene stimmen,
und ich bin ganz zufrieden. Den Schweighöfer
mag ich sehr, obgleich er optisch nicht meinem
Typ entspricht, aber welcher Mann passt schon
überhaupt?

Das Telefon klingelt und ich hangle mich
genervt Richtung Hörer. „Hallöchen, hier ist Marie
Sandermann." Es ist Alex. Völlig untypisch für sie
schwärmt sie mir zu dieser späten Stunde von der
Idee einer Dildoparty bei mir zuhause vor. Nun
tischt sie mir direkt freie Termine zur Auswahl auf
und ich frage sie, warum das Event nicht bei ihr
steigen darf. Alex argumentiert, dass allein bei der
bloßen Vorstellung, dass ihr Göttergatte Nils, der
Hobbyeisenbahner, während der Party sein
Miniatur Wunderland im Keller verlassen könnte,
ihre Spaßbremse angezogen sei und sie sich
unmöglich hemmungslos dem Ausprobieren
hingeben könne. Ich sei diesbezüglich klar im
Vorteil, da bei mir männlicher Besuch nur nach
Anmeldung Zutritt habe. Ja, ja, schmunzle ich in
mich hinein. Ich prüfe ihre Termine und siehe da,
im Nu steht das Dildodate. Alex freut sich

diebisch, fast mehr als ich. Insgeheim hoffe ich in diesem Moment, dass mein Sohn nicht unbedingt an diesem Abend seine häusliche Ader entdeckt und daheim hocken und zocken wird. Alex nennt mir die Namen bereits interessierter Hühner und somit ist der Stall von vornherein für dieses Event voll.

Warum haben eigentlich so viele Mädels Interesse an einer Dildoparty, frage ich mich, aber kaum eine richtet sie bei sich daheim aus? Dabei könnte es für Alex'Schatz Nils ein aufregender Kick sein, zusammen mit Alex das komplette Programm vom „Wattwurm Willi" bis zum „Bock Booster" zu checken. Aber Nils checkt zur Zeit eben lieber die Gleise seiner Modelleisenbahn und ist damit selig. Deshalb braucht Alex ab und zu andere Highlights, wie zum Beispiel diese Dildoparty in meinem Wohnzimmer mit Sektchen, Erdbeeren und ganz viel Schokolade am Spieß.

Der Schweighöfer-Film ist längst aus, Bonny schnarcht mir so laut ins Ohr, dass mir bewusst wird, was die Stunde geschlagen hat und wie viel Schönheitsschlaf nur noch bleibt. Ich quäle mich von der Couch, trage meine zwei süßen Fellbären sorgsam in mein Bett, und da kuscheln wir drei bis morgen früh in seliger Ruh.

Schwarzer Peter

„Pinoccio, 14 cm, gut aussehend und treu, sucht liebevolle Partnerin zum Verzaubern und für gemeinsame Höhepunkte." Ich lach' mich schlapp.

Wie es der Zufall so wollte, hatte anscheinend ausgerechnet heute mein Kind das Verantwortungsbewusstsein besessen, unseren Briefkasten zu leeren. Fächerartig hatte er dann die fröhlich gestalteten und inhaltlich eindeutigen Einladungen, die Gisbert, der Partner unserer Dildo Präsentatorin Fanny, wunschgerecht eingeworfen hatte, für mich auf dem Esszimmertisch drapiert.

Danke Alex – wirklich eine nette Idee, diese Party bei mir zu veranstalten! Ich beschrifte die Karten und bereite diskrete Umschläge vor, um sie in den nächsten Tagen im Bienenstaat zu verteilen. Aus den Augen, aus dem Sinn, denke ich und hoffe, dass Louis keinen Anlauf starten wird, mich auf diesen Abend anzusprechen und ich drum herum komme, peinliche Erklärungen abgeben zu müssen. Sonst reicht ja seine Speicherkapazität auch nur von jetzt bis nicht mal um die Ecke.

Just in diesem Moment schließt mein Kronprinz Louis die Tür auf und betritt mit seinem Kumpel Eicke, ein unübersehbar süffisantes Lächeln auf seinen Lippen, den Raum. Beide Augenpaare richten sich auf mich. „Wird Pinoccio künftig Bens zweites Standbein?", will Louis wissen. „Reichen dir die Höhepunkte mit ihm nicht mehr aus?" Eicke lacht dreckig und boxt

Louis in den Oberarm. „Alter, gönn doch deiner Mom mal ein bisschen Extraspaß." Ich entziehe mich und verweise im gespielt ignorantem Tonfall auf den überquellenden Mülleimer, der darauf warte, den Weg zur Tonne zu finden. Die Jungs zwitschern in Louis' Zimmer ab und augenblicklich ertönt die akustische Kulisse eines Minenfeldes.

Ich nutze ihre Daddelei am PC und rufe direkt bei Alex durch. „Gute Nachricht, meine Liebe" , flöte ich in den Hörer. „ Pinoccio & Co warten darauf, nächsten Freitag von dir entdeckt zu werden". Erfreulicherweise hat Louis mir die Einladungskarten liebevoll im Esszimmer serviert. Schön, wenn sich alle so mitfreuen und ich jetzt überlegen muss, wie ich ihm und seinem Freund Eicke erfolgreich das schmutzige Lachen austreiben kann und noch besser: wie ich deren blöden Fragen und Kommentaren entkomme, ohne rot zu werden."

Alex kreischt mit einem diebischen Lachen in den Hörer, und ich spüre förmlich, wie happy sie ist, dass genau dieses Rechenschaftablegen bei ihr nicht erforderlich sein wird. Sie wird ihrer Familie lapidar verkünden, dass sie zu einem Mädelsabend gehe und wie eine gedopte Libelle hierher zu mir schwirren.

Wir vereinbaren, dass Alex für den Abend einen leckeren Dipp vorbereiten wird. Ich vertraue ihren hausfraulichen Küchenqualitäten wie meiner eigenen Handtasche: immer kreativ, voller Überraschungen und ein Erlebnis. Ich werde für Brezeln & Co sorgen. Auch der Hugo ist gebongt

– jetzt in einer irre coolen Aufmachung mit dem Label „Shopping Queen" erhältlich.

Rasch ziehe ich mich an, werfe mir meinen neuen Fransenponcho über und verteile per Fahrrad alle Einladungen. Nächste Woche Freitagabend lassen wir es also krachen! Vierzehn Bienenstaatvertraute werden unserer Fanny lauschen, wenn sie auf meinem Bügelbrett erotische Raritäten präsentiert.

Die nächsten Tage vergehen und mit Ausnahme von zwei lieben Freundinnen, die sich urplötzlich vom eigenen Mann bestens beschlafen fühlen und deshalb im Besuch einer Dildoparty keine Notwendigkeit mehr sehen, sind wir von Vorfreude erfüllt.

Es ist Freitagabend. Ben weiß, dass er heute nicht zur mir kommen soll, denn die Ampel steht auf Grün für einen Mädelsabend der Extraklasse. Mein Bügelbrett ist mit einer weißen Damastdecke überzogen, die Naschteller und Gläser stehen bereit, und im Hintergrund werden uns die Hitgiganten der Neunziger unterhalten.

Das unterste Kühlschrankfach ist ausschließlich mit Hugo bestückt, Geschmacksrichtung Erdbeere oder Rhabarber. Billigfusel mit Kopfwehgarantie, aber ein optischer Magnet für die Partytische, an denen schon bald lauter heiße Bienen Platz nehmen und sich von Elfenstaub, Zauberkugeln und verschiedensten Klassikvibratoren umwerben lassen werden. Da ich alles andere als eine perfekte Hausfrau bin, erkläre ich meinen Gästen, dass wir den kaltgestellten

Eierlikör eben aus Eierbechern und den Sekt aus Limonadengläsern trinken müssen.

Als wir komplett sind, beginnt Fanny ihre Präsentation. Fanny ist eine junge Frau von schätzungsweise 30 Jahren, wohl genährt bis vollschlank, mit einem urigen Humor. Sie ist eine sogenannte Dildo-Elfe, die freiberuflich ein bis zwei Abende pro Woche von Haus zu Haus schwebt. Für ihre genialen Dildo-Events wurde sie bereits vielfach gebucht und Gisbert, ihr Mann, chauffiert sie mit ihrem berühmt berüchtigten roten Köfferchen zu diversen Adressen erwartungsvoller Gastgeberinnen wie mir.

Als erstes reicht Fanny den „Lustmolch" zur Ansicht herum, einen durchgenoppten Vibrator mit froschartigem Kopf und Augen. Dann weiht sie uns in die Massagekünste des starken und kleinen Massagefrosches Hans ein, besprüht unsere Dekolletés mit Elfenstaub in verschiedenen Geschmacksrichtungen, wovon unsere Haut erotisch zu prickeln beginnt. „Lustzwerg", „Wünschelrute" und „Schwarzer Peter" surren bald emsig vor sich hin und wir tasten, erspüren und begiggeln diverse Vibratoren in Grün, Pink, Blau und Schwarz. Der Fleischfarbene ist, wie wir hören, kein Bestandteil der Serie, da das starke Geschlecht ihn als Konkurrenz empfinden könnte, - die schrillen Farben also, um ein harmonisches Liebesleben mit dem Partner zu gewährleisten!

Wir probieren diverse Gels aus: „Mhmm, wie cremig und wie gut die duften!" Fanny beantwortet unserer Schar aufgeregt summender Bienen nun auch Fragen wie: „Welche Größe sollte mein

Elfenstab haben und wie pflege ich ihn?" Mit ihrem trockenen Humor versprüht Fanny dabei einen umwerfenden Charme und ermuntert uns zu immer neuen sinnlichen Experimenten.

Ich genieße die schier unerschöpflich scheinende Auswahl an erotischen Spielzeugen - bis zu dem Moment, als Fanny eine etwa fünfundzwanzig Zentimeter lange, noppenbesetzte, kautschukartige blaue Strippe ans Tageslicht befördert – anscheinend jeder im Bienenstaat bekannt, nur für mich völlig unbegreiflich und undefiniert. In ihrer sehr lebendigen und bildlichen Sprache preist Fanny dieses Etwas als betörende Analkette an.

Ich, Marie Sandermann, kann jetzt nicht von mir behaupten, ein Kind von Traurigkeit zu sein, aber eine Analkette ist selbst für mich sinnliches Wesen zu viel. Mein Kopfkino steht nicht mehr still, und totale Entrüstung und Ablehnung stehen mir ins Gesicht geschrieben. Alex ist jetzt mehr damit beschäftigt, mein dummes Gesicht zu fotografieren, als die verrückten Erotikspielzeuge zu begutachten.

„Die Bestellung diverser Spielzeuge bleibt eine sehr private Angelegenheit und findet im separaten Räumchen statt," so Frohnatur Fanny. Doch da wir, wie schon erwähnt, ein Kreis sehr offener und miteinander vertrauter Bienen sind, zeige ich dennoch lautstark meine Affinität zu dem „Schwarzen Peter". Alex tendiert in aller Deutlichkeit zum „Penisring Deluxe" und Sunnys Favorit ist das Duo „Elfenkugeln", das den Beckenboden trainiert und so das Sinnvolle mit dem

Erotischen vereint. Silvie und Greta sind entzückt von dem wunderbar cremigen Gleitgel mit Wärmeeffekt.

„Seid mal still, Mädels!", bittet Fanny uns auf einmal und lässt ihre üppigen Hüften kreisen. Mit schulmeisterlichem Blick fragt sie uns: „Habt ihr eine Idee, was ihr gerade hört?" Zugegebenermaßen werden wir sofort mucksmäuschenstill und lauschen verwundert einem Klingeln wie von kleinen Glöckchen, das aus dem Nichts zu kommen scheint. „Das süße Geheimnis dieser Klänge ist tief in meinem Inneren verborgen" , erklärt Fanny. „In mir schwingen und klingen die Elfenkugeln." Und angesichts dieser unverblümten Offenheit bleibt uns der Mund offen stehen.

Schließlich sind die Naschteller leer, alle Bestellungen aufgenommen und Fanny überreicht mir als Dankeschön mein Gastgebergeschenk: Kondome. Kondome! Was für eine Enttäuschung! Ich nehme mir vor, sie Louis aufs Kopfkissen zu legen und hoffe, sie erweisen sich wenigstens als qualitativ hochwertig. Meine Belohnung für mich selbst ist der „Schwarze Peter". Und neugierig, wie ich nun mal bin, beschließe ich herauszufinden, ob sich tatsächlich eine von uns für die Analkette begeistern konnte.

Nach und nach verabschieden sich meine Bienen und ein herrlich inspirierender Abend geht zu Ende. Auch Alex hat sich längst auf den Weg gemacht. Es ist weit nach Mitternacht, als Alex mir wie immer noch die Nachricht schickt, dass sie gut daheim angekommen ist. Bereits im Bett liegend frage ich Alex, was denn sie eigentlich bestellt habe. Es dauert einen Moment, bis die Antwort kommt. „Mausi, ich habe die Analkette bestellt." Unglaublich! Die Analkette! Meine Phantasie schlägt Purzelbäume. Kann das wirklich wahr sein? Sind wir zwei dann doch so krass gegensätzlich drauf? An Einschlafen ist nicht zu denken!

Mit herzhaftem Lachen entschärft Alex am nächsten Morgen mein Entsetzen. Während sie ihre Zähne putzte, hatte Nils sich den Spaß erlaubt und für sie geantwortet. So ein Schelm! Nein, Alex hatte etwas anderes bestellt und kann es kaum erwarten, ihren Nils damit zu überraschen.

Shopping Queen

Es ist wieder so weit! Ben sendet sein alljährliches klares SOS, er brauche neue Klamotten. Bereitwillig suche ich nach einem freien Samstag in meinem Timer und verbuche diesen Tag schon im Voraus als besonders anstrengend, nervig und wenig amüsant. Denn Ben hasst es zu shoppen. Erst wenn seine Unterhosen Löcher haben, T-Shirts hässlich verwaschen sind und die Jeans keine annähernd aktuelle Form mehr aufweisen, ist er bereit, sich dem Shopping-Jungle zu stellen.

Ein Stressfaktor dabei ist, dass Bens Laune-Pegel urplötzlich gegen Null fallen kann, zum Beispiel wenn er Hunger bekommt. Schlagartig bricht er dann eine Shopping-Safari ab, ohne irgendetwas gekauft zu haben. Deswegen plane ich diesen Tag vorher genauestens durch, packe wie in Kleinkindtagen von Louis Verpflegung für Ben ein und checke am besten schon im Vorfeld, wo sich Toiletten befinden, denn auch die Suche nach einer Toilette ist im Einkaufsrausch äußerst destruktiv.

Erstaunlicherweise blende ich selbst beim Shoppen jegliche Bedürfnisse nach Ess- oder Trinkbarem aus und finde immer erst im allerletzten haltbaren Moment den Weg zum Klöchen. Gut vorbereitet fahren wir also heute in die Stadt. In Unterhose und Socken sitzt Ben auf dem schmalen Holzbrett in der Umkleidekabine und wartet darauf, dass ich ihm im Crashverfahren eine umfassende Auswahl an verschiedensten Kleidungsstücken bis hin zu Schuhen präsentiere. Heißt also: Ich muss flexibel, lauffreudig und vor allem ruhig sein. Ben probiert nun im Akkord Kombinationen, die ich ihm clevererweise gleich passend anbiete. Aber er probiert sie nur, wenn sie ihm gleich auf den ersten Blick zusagen.

Bens Verhalten beim Kauf von T-Shirts ist mir völlig fremd. Gefällt ihm eins, möchte er genau dieses in drei bis vier weiteren Farben haben, ohne sich für die Vielfältigkeit anderer Designs zu öffnen. Alle Männer, die ich kenne, kaufen auf Masse. Sitzt eine Jeans, wird genau diese noch in drei weiteren Farben gekauft. Wie langweilig!

Aber Farben wie Apricot oder Pistaziengrün kennt Ben nicht einmal! Für ihn gibt es nur die Grundfarben aus dem Malkasten. Reiche ich ihm dennoch ein Kleidungsstück in einer peppigen Farbe in die Kabine, weist er es sofort als „ultraschwul" oder „superpanne" zurück. Pikiert lehnt er auch exzentrische Schriftzüge und ausgefallene Muster ab. Oh je!

Trotz all dieser Hindernisse und dank meiner Fähigkeiten als Shopping Queen hat Ben sich inzwischen für eine passable Auswahl entschieden. Nun heißt es zur Kasse zu gehen. Was oftmals meine letzten Nerven auffrisst, weil Ben seine Entrüstung über die lange Wartezeit ungeniert lautstark zum Besten gibt. Megapeinlich!

Heute ist nach erfolgreichem Beutezug für Mister Big auch noch ein Mini Stelldichein in meiner Lieblingsboutique drin.

Meine Erfahrung mit Männern als Begleiter beim Shoppen hat mich gelehrt, dass es klug ist, in einem Laden zu verschwinden, ohne Blickkontakt zu halten, und erst wieder heraus zu kommen, wenn Anprobe und Kasse erledigt sind. Männer nutzen nämlich gerne jeden Blickkontakt, um einen aus dem Laden heraus zu winken. Ohnehin haben Männer grundsätzlich keine konstruktiven Meinungen zu den anprobierten Kleidungsstücken.

Ich habe das große Glück, in Ben einen Begleiter zu haben, der angepflockt wie ein Pudelchen vor dem Laden sitzen bleibt – sofern seine Grundbedürfnisse gestillt sind. Für Ben ist es nicht schlimm, draußen zu warten. Er erfreut sich in dieser Zeit an schönen jungen Frauen, denen er ganz ungeniert nachglotzt, so wie das übrigens fast alle Männer von vierzehn bis neunundneunzig tun. Leider oft auch an der Seite ihrer besseren Hälfte. Wie taktlos und unsensibel!

Es dauert nicht lange, und ich komme mit einer heißen Lederjacke aus der Boutique. Das jährliche Shoppen für und mit Ben ist mal wieder geschafft. Ich bin es auch!

Nun bin ich, Marie Sandermann, die Fachfrau in Sachen Verkaufen, da es mein geliebter Job ist, und so erlebe ich tagtäglich Paare beim Shoppen. Ich erlebe Frauen, die extremen Wert auf seine Meinung legen und ohne ihn keine eigene Entscheidung zu treffen vermögen, um ihm ja hundertprozentig zu gefallen. Doch was sie nicht wissen: Während sie in der Kabine anprobiert, geiert er nach uns Verkaufsschnukkis, und tritt sie, Zella Zellulitis, mit ihrem in meinen Augen wunderbar weiblichen Rubens-Körper, aus der

Kabine, heuchelt er Begeisterung, egal, in welchem Outfit sie sich ihm präsentiert. Schlimmstenfalls verursacht er letztlich, wie jüngst geschehen, den totalen Kleidergrößensalat, indem er die richtigen Teile zurückhängt und die falschen Größen zum Bezahlen an die Kasse legt. Männer, die als Berater mitkommen, sind oft auch die Bezahlbären an der Kasse. Witzigerweise löhnen sie gerne mit der goldenen Kreditkarte, um selbst hier wieder den totalen Glanzauftritt hinzulegen. Ehrfürchtig, dankbar stehen die Damen dann an der Kasse neben ihm und himmeln ihren Gönner an.

Andere Ladys hingegen kaufen, als wären sie auf geheimer Mission. Sie entfernen noch an der Kasse die Etiketten und verraten uns, dass sie ihre neuen Schätze im heimischen Kleiderschrank so geschickt drapieren, als hingen sie bereits den dritten Sommer im Schrank. Offenbar schwingt hier ein Mister Kontrolletti das Finanzzepter, ohne jedes Verständnis für das urweibliche Bedürfnis, sich regelmäßig neu aufzuhübschen.

Ich kann nur sagen: Mädels, wollt ihr Spaß haben, lasst eure Männer zu Hause und geht alleine shoppen!

Bali Body

Was ein meganerviger Tag heute! Ich schalte den Rückwärtsgang ein, und das Getriebe heult auf. Mir reicht es für heute. An diesem Samstag waren ausschließlich anstrengende Kundinnen am Shoppen, Ehefrauen mit ihren Männern inklusive Schwiegermüttern und Enkelkindern. Meine Nerven liegen blank, und ich zähle die Tage bis zu unserem Bali Urlaub.

Während die Ampel zu meinen Ungunsten auf Rot umgeschaltet hat, klappe ich meinen Sonnenschutz mit Spiegel nach unten, um mich zu betrachten. An diesem heißen Sommertag im Juli hat das matte Gesichtspuder versagt und meine Haut glänzt wie eine Speckschwarte. Ich streiche meine Augenbrauen nach und tupfe mir den Glanz von der Nase. Doch was ertaste ich da an meinem Kinn? Das darf jetzt nicht wahr sein! Erschrocken starre ich in den Spiegel und sehe Unglaubliches! Ein etwa fünf Millimeter langes borstiges Barthaar! Hastig klappe ich den Spiegel wieder hoch und fahre der Blechkolonne hinterher - noch völlig unter Schock. Das darf ich keinem erzählen, denke ich, ein Damenbart ist das Allerletzte! Aber sofort breche ich meinen Vorsatz. Ich muss Alex anrufen und fragen, ob sie auch schon ähnliche Auswüchse an sich festgestellt hat.

In diesem Moment schickt Alex mir per WhatsApp das Foto eines riesigen Leuchtpenis und flötet via Sprachnachricht: „Heiße Erotikgrüße von der „Venus" Messe aus Berlin." „Jo", denke ich, auch schön. Soll ich ihr ein Bild von mir senden? Explizit von meinem Barthaar? Nein, ich entscheide mich dagegen, nehme mir aber vor, Alex später unter vier Augen zu fragen. Klammheimlich entferne ich dieses entsetzliche Etwas, das da ungebeten aus mir herausprießt.

Kaum zu Hause steht Ben in der Tür und gibt mir einen beherzten Klaps auf den Po! Im Gegensatz zu mir ist Ben gut gelaunt - obgleich ihm klar ist, was der heutige Abend für ihn bedeutet: In Anbetracht unserer bevorstehenden Bali Reise mit der Aussicht auf himmlische Stunden am Strand steht bei dem Langzeit-Junggesellen Ben eine Ganzkörperrasur auf dem Programm. Er, der die Behaarung eines Orang-Utan-Männchens an sich schätzt, ist heute fällig. Auch wenn ich einen gewissen Hang zur Exotik habe und das Wilde, Urige liebe, diese Monchichi-Ganzkörper-Flausch-Behaarung geht gar nicht!

Nach zäher Überzeugungsarbeit hat Ben sich gestern bereiterklärt, sich meinem Holiday-Beauty-Konzept hinzugeben und sich reisetauglich für dieses Jahrzehnt - und so schmerzfrei wie möglich-enthaaren zu lassen.

Organisiert wie er als Jungfrau-Mann nun mal ist, legt Ben sogleich das Rasiergel und eine Packung Einwegrasierer auf meinen kleinen Couchtisch und sich selbst wie einen Schwerverletzten mit leicht erhöhter Kopfposition auf mein Sofa. Skeptisch schaut er zu mir hoch. Ich erlaube mir, schnell noch ein Paar Wiener Würstchen zu essen, und flugs sitze ich auch schon auf ihm, man könnte sagen in der Reiterstellung. Ben begleitet die jetzt beginnende längst überfällige Rasur mit Jammern und Stöhnen. Fürchterlich, denke ich, wie kann man so weichgespült sein, lobe ihn permanent und lenke ihn mit Informationen über Bali aus dem Reiseführer ab.

Die Einwegrasierer leisten Schwerstarbeit. Nun gibt es kein Zurück mehr! Die erste Brusthälfte ist enthaart. Mehr und mehr zeigt sich Bens schöner muskulöser Oberkörper, und ich stelle fest, so kann frau ihn mitnehmen auf den großen Asien-Trip! Doch nicht nur die Brust bedarf einer Behandlung, es wird ein abendfüllendes Szenario. Ben glaubt inzwischen, dass diese Aktion seine eigene grandiose Idee war. Am Ende des Abends sind wir tatsächlich beide von dem Resultat begeistert! Mein Beach Boy sieht attraktiver aus denn je.

Bratwurst Feeling – nein danke!

Seit Wochen rolle ich jeden Morgen meine Isomatte auf dem Boden aus und arbeite in einem fünfundzwanzigminütigen zähen Gymnastikakt an meinem urlaubstauglichen Bali-Body. Auslöser dafür war die bittere Erkenntnis, dass mein ersteigerter heißer Army-Jumpsuit nicht ansatzweise über meinen Allerwertesten rutschte. Ich bin nicht ganz unschuldig an meiner selbst angefütterten Gourmetkugel. Neulich hatte mir Ben gnadenlos die Storck-Bonbons entzogen, als er beobachtete, wie ich in Akkordgeschwindigkeit eine komplette Tüte allein verdrückte. Kritisch beäugte ich mich am nächsten Morgen vor dem Spiegel und stellte entsetzt fest, dass eine drastische Crash-Diät folgen musste, wollte ich mit einer attraktiven Figur am balinesischen Strand erscheinen. Aber wie?

Louis, mein fitnessbesessener Spross hat seit einiger Zeit einen neuen Nebenjob. Im Schneeballsystem wirbt er für ein Ernährungskonzept, das den Kunden durch Einnahme eines Wunderpulvers im Handumdrehen einen Traumkörper verspricht. Wöchentlich fordert er sich ein gebügeltes weißes Hemd ein, um den Sonntagsmeetings in der Villa beizusitzen, wo gemeinsam Verkaufsstrategien entwickelt werden. Könnte dieses verheißungsvolle Pülverchen vielleicht die

Lösung für mich sein? Louis gelang es, Lars und mich zu überzeugen.

Geschlagene vier Tage konnte ich mich auf diese Diät einlassen: zwei Shakes und eine feste Mahlzeit pro Tag. Bereits am Tag fünf ließ ich von allen guten Vorsätzen ab, weil ich merkte, dass sich mein komplettes Umfeld wegen massiver Übellaunigkeit von mir distanzierte. Lars hingegen schaffte die Diät über unglaubliche vier Monate, was ich mit einem echten Daumen hoch wertschätze.

Also bringe ich mich jetzt mit Gymnastik in die erwünschte Form, stemme kleine Hanteln, mache Kniebeugen, fahre Luftfahrrad und fordere die Bauch-Beine-Po-Partie zum Kampf auf. Viel Zeit bleibt nicht mehr, bis der Flieger uns nach Asien trägt.

Da Ben nicht ansatzweise ein Planer ist, hat er mir für diese Bali-Reise freies Handling überlassen. Seit Monaten schon studiere ich Reiseführer und setze mich intensiv mit diversen Reiseberichten anderer Urlauber auseinander. Wer mich kennt, weiß, dass ich größten Wert auf Abwechslung lege. Urlaub ist für mich Abenteuer, und dafür bieten einige Reiseagenturen genau die richtigen Trips an. Ich buche eine balinesische Segnung im Urwald, einen Besuch in einem Elefantencamp, organisiere einen nächtlichen Vulkanaufstieg, um oben am Kraterrand bei Sonnenaufgang den Tag begrüßen zu können. Ich recherchiere, wo wir mit balinesischen Reisbauern selber Reispflanzen setzen können, entdecke Möglichkeiten, Affen so nah zu sein wie nie zuvor in meinem Leben. Außerdem buche ich einen weiteren Trip in den Urwald, wo wir mit Einheimischen kochen werden.

Ich suche und suche, stöbere mich durch das WWW, markiere unsere Bali Landkarte mit allen nur möglichen Events, stelle Tagestouren zusammen und hoffe, dass wir auf unserer Reise spontan Gelegenheit bekommen werden, an religiösen Ritualen teilzunehmen, wie zum Beispiel einer hinduistischen Bestattungszeremonie.

Intensiv erleben, das ist meine Leidenschaft – aber ist es auch Bens? Ben versinkt in den Sofakissen und verdreht genervt die Augen, als ich ihm voller Euphorie vorlese, was Bali für uns bereithalten wird. Oje, meine Begeisterung scheint Ben nicht anzustecken. Offensichtlich vermisst er das sogenannte Bratwurst Beach Feeling, das er auf seinen Reisen mit seinem Freund Charly so hoch schätzt. Bewusst verschweige ich ihm lieber, dass man uns nachts um ein Uhr aus dem Hotel abholen wird, um an den Fuß des zu besteigenden Vulkans chauffiert zu werden.

Doch nicht nur ich halte Überraschungen parat! Bei unserem ersten Zwischenstopp in Singapur nach 12 Stunden Flug werden unsere Koffer nicht in den nächsten Flieger verladen, sondern versinken zu meinem Erstaunen geradewegs in einem Taxikofferraum. Ehe ich mich versehe, fahren wir in rasantem Tempo durch das nächtliche Singapur, vorbei an unvorstellbar hohen Wolkenkratzern. Vor einem monumentalen Hotel halten wir, und sogleich springen uns kleine asiatische Hotelboys entgegen, öffnen flink die Autotüren und tragen unsere Koffer in das Hotel.

Und ich stehe völlig sprachlos einfach nur da, mitten im Foyer des grandiosen Marina Bay Sands. Wer es kennt, wird wissen, das Besondere hier ist der Infinity Pool auf dem Dach mit atemberaubendem Blick über Singapur. Was für eine großartige Überraschung! Ich hatte gedacht, wir würden noch in dieser Nacht nach Bali weiter reisen.

Wenig später rauschen wir im Bademantel mit dem Lift in das Dachgeschoss. Als die Fahrstuhltüren sich öffnen, bin ich geflasht von dem Anblick, der sich mir bietet. Hoch über der Skyline der Weltmetropole Singapur lasse ich mich in meinem roten Bikini nach zwölfstündigem Flug ins warme Wasser gleiten. Rings um den Pool stehen Liegestühle bereit, es herrscht geschäftiges Treiben. Chillout-Klänge, riesige Palmen und die mir bis dato so unbekannte feuchtwarme tropische Luft verzaubern mich auf einzigartige Weise. Ich schwimme an den Rand des Pools, schaue hinab auf das faszinierende Lichtermeer und danke dem lieben Gott für dieses grandiose Erlebnis. Auch Ben blickt in die Nacht, ein weißes Handtuch um seine Hüfte gewickelt, einen Longdrink in der Hand. Er schaut zu mir und wirft mir ein verschmitztes Luftküsschen zu. Langsam schwimme ich an die Treppe und erfreue mich an seinem Anblick, besonders an seiner enthaarten Brust. An keinem anderen Ort der Welt wäre ich in diesem Augenblick lieber!

Das war der Beginn eines traumhaften Urlaubs, der mehr Überraschungen und Erlebnisse für uns bereithalten sollte, als ich je hätte planen können.

Und ewig dreht das Sonnenrad

Es ist ein trüber Septembermorgen, schön ist anders, aber Alex und ich malen uns die Welt, wie sie uns gefällt. Wieder einmal genießen wir ein herrliches Mädels-Wochenende und da fehlt es an nichts - am allerwenigsten an Abwechslung. Uns ist nie langweilig, deswegen haben wir uns bereits jetzt entschlossen, später gemeinsam eine Alters-WG zu beziehen. Aber natürlich lassen wir es auch heute schon ab und an krachen und erfreuen uns unserer besonderen Frauenfreundschaft. So wie am gestrigen Freitagabend.

Ich hatte zum Gesundevent der Extraklasse, einer Matcha-Tee-Party eingeladen. Zahlreiche Bienen waren eingeflogen, um diesen grünen Tee in seinen vielfältigen Verwendungsmöglichkeiten auszuprobieren. Sybille, eine sehr liebe Bienen-staatfreundin, die seit langer Zeit von diesem Tee fasziniert ist, hatte uns mit verschiedensten Köstlichkeiten aus Matcha überrascht: Matcha-Pralinchen, Matcha-Energy Drink, Matcha-Smoothie, Matcha-Latte, um nur einige zu nennen. Mit Genuss kosteten wir uns von Spezialität zu Spezialität, jede superlecker und obendrein der Schönheit und der Fitness dienend.

Lars hatte es sich natürlich nicht nehmen lassen, diesem gesunden Event beizusitzen, stellte nun der ohnehin aufgeregten Sybille fachkundige Fragen und erarbeitete sich dadurch in Kürze die Position des „Bestinformierten". Aber so kennt man Lars nun mal: Mister Erklärbär und Superhirn.

Nach der Party war für Alex und mich noch lange nicht Schluss. Wir beide sind ein recht nachtaktives Gespann. Während unsere Matcha-Tee-Gesellschaft vermutlich schon in die nächste Schlafphase wechselte, nutzen wir diese Nacht für meine Seelenpartner-Bestellung beim Universum - eine dringende Notwendigkeit. Anschließend bemalten wir selbst gesammelte Steine mit keltischen Runensymbolen. Schlaf gönnten wir uns nur wenig - aber an was erinnert man sich eines fernen Tages im Altersheim wohl eher? An durchlebte oder an durchschlafene Nächte?

Bei mystischem Kerzenschein bemalten wir also mit schwarzem Edding alle vierundzwanzig Steine, und ich las die jeweils entsprechende spirituelle Bedeutung jedes Symbols vor. Das diente der Vorbereitung auf unser nächstes Bienenstaat-Event mit Ingrid, einer professionellen Runen-Fachfrau.

Total übernächtigt nach drei Stunden Schlaf liegen Alex und ich nun morgens um neun im neckischen Plastik-Einweg-Slip auf der Massagebank der kleinen Thai-Frau Ling und ihrer Tochter Pham. Puh, sind wir müde! Für ein putziges Selfie im Einwegslip reicht mein Humor zum Glück noch. Leider warte ich vergeblich auf eine Reaktion von Ben. Er schläft wohl noch. Mit ihren flinken Finger kneten die beiden Frauen uns die Übernächtigung aus den Körpern und machen uns frühstücksfit. Es ist einfach fantastisch, so durchgewalkt in den Tag zu starten, um beim Frühstück im kleinen Stammcafe, mit unseren Kalendern bewaffnet, neue Abenteuer zu planen und dabei nach Herzenslust das Buffet zu plündern, ohne nur einen Gedanken an Kalorien zu verschwenden. Denn genau das ist es, was unsere Freundschaft so einmalig macht: Wir leben jeden Moment und genießen, was das Zeug hält. Und zwischendurch planen wir bis hin zu unserer Alters-WG.

Was sollten beste Freundinnen zusammen alles angestellt haben? Eine gemeinsame Übernachtung im Baumwipfel-Haus ist schon gebucht. Ebenso der Besuch bei den Chippendales, natürlich in der ersten Reihe, damit uns ja nichts entgeht. Einmal zusammen Trampen steht noch aus. Für das nächste Jahr planen wir eine gemeinsame Reise zu Mutter Afrika, dem schwarzen Kontinent. Wir träumen davon, uns in der Dämmerung auf die Lauer zu legen und Elefanten beim Morgenbad zu beobachten. Mit dem Jeep wollen wir durch die Nationalparks cruisen, Hilfsorganisationen gegen die vom Aussterben bedrohten Gorillas unterstützen und Wilderern entschlossen die Stirn bieten. Und vielleicht eröffnen wir ja irgendwann sogar ein Waisenhaus für elternlose Elefantenbabies.

Unsere Sehnsüchte, Träume und Pläne verbinden Alex und mich. Doch wir träumen und planen nicht nur, wir ziehen unsere Abenteuer auch durch! Genauso wie wir die spontane Idee zu diesem Buch in uns reifen ließen und uns dann viel Zeit schenkten, um es gemeinsam zu realisieren.

Und wir würden es immer wieder genauso tun! Wir lieben das Leben, und das Leben küsst uns. Unser Leben ist ein Geschenk, und in Harmonie dreht sich unser eigenes Sonnenrad!

Dreht kraftvoll an eurem Sonnenrad, und macht euer Leben zu einem Abenteuer!

Eure Marie

DANKSAGUNG

Von ganzem Herzen danke ich meiner besten Freundin Anke Scharf, die dieses Buch als Idee geboren hat und mich in allen Belangen bei der Realisierung dieses Projektes tatkräftig und mit viel Humor unterstützt hat. Danke liebe Anke – ohne Dich gäbe es dieses Buch nicht!

meiner lieben Herzensfreundin und Lektorin Christel Nießing, die ich vor etwa zehn Jahren als Leiterin eines kreativen Schreibworkshops kennengelernt habe. Sie als erfolgreiche Schriftstellerin hat mich nun auf liebevolle Weise an die Hand genommen und mich und mein Schreiben mit ihrem feinen Gefühl und ihrem Sachverstand begleitet.

der exzellenten Fotografin Yasmin Emmel, die mit Spritzigkeit und Kreativität den Entwurf und die Gestaltung des Buchcovers übernommen hat.

meinem Liebling Tony, der seit achtzehn Jahren der wichtigste Mensch in meinem Leben ist und mich zu einer unendlich stolzen, wenn auch teilweise wahnsinnig werdenden Mama gemacht hat, und der mein ohnehin nie langweiliges Leben mit nahezu gleichartigem Temperament würzt und bereichert.

meiner Mutti, meiner lieben „Hutschke", die alle meine verrückten, durchgeknallten Projekte wie auch dieses Buch kopfschüttelnd begleitet, aber dennoch als meine wohl größte Kritikerin immer zu mir hält und mich auf ihre ganz besondere Art sehr lieb hat.

und natürlich allen meinen lieben Bienenstaat Freundinnen, die mir die Daumen gedrückt halten und sich mit mir über die Veröffentlichung dieses Buches freuen.